U0562501

林格伦作品选集 · 美绘版

亲爱的所有中国孩子:

我多么想给你们每一个人都直接写信，表达对你们阅读我的书的喜悦。但是此时此刻，我只能说：祝你们阅读愉快。继续读吧，直到把我的书全部读完。

致热烈的问候！

阿斯特丽德 · 林格伦

Astrid Lindgren

LINGELUN
SHIXINXIONGDI
MeiHuiBan

狮心兄弟

〔瑞典〕阿斯特丽德·林格伦 ◆ 著
〔瑞典〕伊隆·维克兰德 ◆ 画
李之义 ◆ 译

中国少年儿童新闻出版总社
中国少年儿童出版社
北 京

LINGELUN
SHIXINXIONGDI
MeiHuiBan

狮心兄弟

林格伦作品选集｛美绘版｝

〔瑞典〕阿斯特丽德·林格伦 ◆ 著
〔瑞典〕伊隆·维克兰德 ◆ 画
李之义 ◆ 译

原版书名：**Bröderna Lejonhjärta**
原出版人：Rabén & Sjögren Bokförlag AB, Stockholm, Sweden

For information about Astrid Lindgren's books, see www.astridlindgren.com

图书在版编目（CIP）数据

狮心兄弟 /（瑞典）林格伦（Lindgren,A.）著；李之义译. —北京：中国少年儿童出版社，2009.10（2023.8 重印）
（林格伦作品选集）
ISBN 978-7-5007-9409-7

Ⅰ. 狮… Ⅱ. ①林… ②李… Ⅲ. 儿童文学－长篇小说－瑞典－现代 Ⅳ. I532.84

中国版本图书馆 CIP 数据核字 (2009) 第 173880 号
著作权合同登记　图字：01-2017-6630

SHI XIN XIONG DI
（林格伦作品选集）

出版发行： 中国少年儿童新闻出版总社 中国少年儿童出版社
出　版　人： 孙　柱
执行出版人： 马兴民

策　　划： 徐寒梅　缪　惟　高秀华　　**装帧设计：** 缪　惟
责任编辑： 徐寒梅　缪　惟　高秀华　　**责任校对：** 范慧兰
美术编辑： 缪　惟　　**责任印务：** 厉　静

社　　址： 北京市朝阳区建国门外大街丙 12 号　　**邮政编码：** 100022
总 编 室： 010-57526070　　**发 行 部：** 010-57526568
官方网址： www.ccppg.cn　　**编 辑 部：** 010-57526320

印刷： 北京华宇信诺印刷有限公司

开本： 880mm × 1230mm　1/32　　**印张：** 7.75
版次： 2009 年 10 月第 1 版　　**印次：** 2023 年 8 月北京第 23 次印刷
字数： 140 千字　　**印数：** 181001-186000 册

ISBN 978-7-5007-9409-7　　**定价：** 28.80 元

图书出版质量投诉电话 010-57526069，电子邮箱：cbzlts@ccppg.com.cn

序

浩舟

在当今世界上，有两项文学大奖是全球儿童文学作家的梦想：一项是国际安徒生文学奖，由国际儿童读物联盟（IBBY）设立，两年颁发一次；另一项则是由瑞典王国设立的林格伦文学奖，每年评选一次，奖金500万瑞典克朗，是全球奖金额最高的奖项。

瑞典儿童文学大师阿斯特丽德·林格伦女士（1907—2002），是一位著作等身的国际世纪名人，被誉为“童话外婆”。林格伦童话用讲故事的笔法、通俗的风格和神秘的想象，使作品充满童心童趣和人性的真善美，在儿童文学界独树一帜。1994年，中国少年儿童出版社把引进《林格伦作品集》列入了“地球村”图书工程出版规划，由资深编辑徐寒梅做责任编辑，由新锐画家缪惟做美编，并诚邀中国最著名的瑞典文学翻译家李之义做翻译。在瑞典驻华大使馆的全力支持下，经过5年多的努力，1999年6月9日，首批4册《林格伦作品集》（《长袜子皮皮》《小飞人卡尔松》《狮心兄弟》《米欧，我的米欧》）在瑞典驻华大使馆举行了首发式，时年92岁高龄的林格伦女士还给中国小读者亲切致函。中国图书市场对《林格伦作品集》表现了应有的热情，首版5个月就销售一空。在再版的同时，中国少年儿童出版社又开始了《林格伦作品集》第二批作品（《大侦探小卡莱》《吵闹村的孩子》《疯丫头马迪根》《淘气包埃米尔》）的翻译出版。可是，就在后4册图书即将出版前夕，2002年1月28日，94岁高龄的阿斯特丽德·林格伦女士

在斯德哥尔摩家中，在睡梦中平静去世。2002 年 5 月，中少版《林格伦作品集》第二批 4 册图书正式出版。至此，中国少年儿童出版社以整整 8 年的时间，完成了 150 万字之巨的《林格伦作品集》8 册的出版规划，为广大中国少年儿童读者奉献了一套相对完整、系统的世界儿童文学精品巨著，奉献了一个美丽神奇的林格伦童话星空。

由地球作为载体的人类世界是千姿百态、丰富多彩的。可以是物质的，也可以是精神的；可以是科学的，也可以是文学的。少年儿童作为人类的未来和希望，从小就应该用世界文明的一流成果来启蒙，来熏陶，来滋润。让中国的少年儿童从小就拥有一个多彩的“文学地球”，与国外的小朋友站在阅读的同一起跑线上，是我们中国少年儿童出版社的神圣职责。在人类进入多媒体时代的今天，中国少年儿童出版社倾力打造了高格调、高品质的皇冠书系，该书系的图书均以“美绘版”形式呈献。皇冠书系“美绘版”图书自上市以来迅速得到了广大青少年读者的认可，取得了良好的社会效益和经济效益。今天，中国少年儿童出版社将《林格伦作品选集》纳入皇冠书系，以“美绘版”形式再次出版林格伦女士最具代表性的作品，它们分别是《长袜子皮皮》《淘气包埃米尔》《小飞人卡尔松》《大侦探小卡莱》《米欧，我的米欧》《狮心兄弟》《吵闹村的孩子》《疯丫头马迪根》《绿林女儿罗妮娅》《海滨乌鸦岛》《叮当响的大街》《铁哥们儿擒贼记》《小小流浪汉》《姐妹花》。此次中国少年儿童出版社倾力打造的“美绘版”《林格伦作品选集》，就是要让世界名著以更美的现代化形式走近少年儿童读者，就是要让林格伦的童话星空更加绚丽多彩。

愿《林格伦作品选集》(美绘版) 陪伴广大的少年儿童朋友快乐成长，美丽成长。

林格伦和她创造的儿童世界

——李之义——

早在世纪之初著名作家埃伦·凯伊（1849—1926）就曾预言，20世纪将成为儿童世纪。这句话是否应验，这里不去讨论，但是林格伦在1945年步入儿童文坛就标志着世纪儿童已经诞生。这就是皮皮露达·维多利亚·鲁尔加迪娅·克鲁斯蒙达·埃弗拉伊姆·长袜子。起这个名字的人是林格伦的女儿卡琳。1941年女作家七岁的女儿卡琳因肺炎住在医院，她守在床边。女儿每天晚上请妈妈讲故事。有一天她实在不知道讲什么好了，就问女儿："我讲什么呢？"女儿顺口回答："讲长袜子皮皮。"是女儿在这一瞬间想出了这个名字。她没有追问女儿谁是长袜子皮皮，而是按着这个奇怪的名字讲了一个奇怪的小姑娘的故事。最初是给自己的女儿讲，后来邻居的小孩也来听。1944年卡琳十岁了，林格伦把这个故事写出来作为赠给女儿的生日礼物。后来她把稿子寄给伯尼尔出版公司，但是被退了回来。此举构成了这家最大的瑞典出版公司最大的失误。1945年作者对故事做了一些修改，以它参加拉本和舍格伦出版公司举办的儿童书籍比赛，获得一等奖。《长袜子皮皮》一出版立即获得成功，此事绝非偶然。当时关于瑞典儿童的教育问题的辩论正进行得如火如荼——以昔日的权威性教育为一方，以现代自由教育思想为另一方。早在20世纪30年代，人们就开始对童年教育感兴趣，并有新的儿童教育信号出现。很多人提出，对儿童进行严厉、无条件服从的教育会使儿童产生压抑和自卑感。人们揭露和批判当局推行的类似德国纳粹主义和意大利法西斯主义的绝对权威和盲从的教育思想。

《长袜子皮皮》这部作品讲一位小姑娘，她一个人住在一栋小房子里，生活完全自理，富得像一位财神，壮得像一匹马。她所做的一切几乎都违背成年人的意志，不去学校上学，满嘴的瞎话，与警察开玩笑，戏弄流浪汉。她花钱买一大堆糖果，分发给所有的孩子。她的爸爸有点儿不可思议，是南海一个岛上的国王。这位小姑娘自然成了孩子们的新偶像。关于皮皮的书共有三本，多次再版，成为瑞典有史以来儿童书籍中最大的畅销书。目前该书已出版90多种版本，总发行量达到1.3亿册。对全世界的儿童来说，皮皮是一个令人喜爱、近乎神秘主义的形象，可与福尔摩斯、唐老鸭、米老鼠、小红帽和白雪公主相媲美。

在2004年5月26日阿斯特丽德·林格伦儿童文学奖第二次颁奖大会上，瑞典首相约兰·佩尔松在致辞时这样评论《长袜子皮皮》这部作品："长袜子皮皮之书的出版带有革命性的意义。林格伦用长袜子皮皮这个人物形象在某种程度上把儿童和儿童文学从传统、迷信权威和道德主义中解放出来，在皮皮身上很少有这类东西。皮皮变成了自由人类的象征。"

在儿童文学领域里，林格伦创造了两种风格：通俗和想象，两种风格以不同的方式体现她的创作特征。通俗的故事有时候接近琐碎，有时候带有喜剧色彩。比如以女作家自己的成长环境和自己的兄弟姐妹为原型的《吵闹村的孩子》《吵架人大街》和《疯丫头马迪根》。富于想象的作品是以《尼尔斯·卡尔松－小精灵》为开端。主人公是个小精灵，住在地板底下，后来成了一位孤单的小男孩的好伙伴，使阴郁、沉重的生活变成多彩的梦幻之国。《南草地》中的故事采用民间故事的创作手法，把昔日人间的残酷、疾病和忧伤变成了想象中的美梦、善良和温暖。

但是用富于想象的手法创作的作品应首推三部伟大的小说:《米欧,我的米欧》(1954)、《狮心兄弟》(1973)和《绿林女儿罗妮娅》(1981)。第一部作品表面上非常通俗,主人公布·维尔赫尔姆·奥尔松是一位被领养的小男孩。他坐在长凳上,想着自己极不温暖的家庭生活。突然他的梦变成了现实,他搬到了童话世界——玫瑰之国,他的父亲是那里的国王,他变成了米欧王子。他用一把带魔法的宝剑把他父亲的臣民从残暴的骑士卡托的统治下解救出来。作品有着民间故事的所有特征。《狮心兄弟》也描写善与恶的矛盾。主人公是一位胆小的小男孩斯科尔班,但是在危险时刻他克服了自己的恐惧,勇敢地与邪恶进行斗争,并取得了胜利。斯科尔班身体虚弱、胆小怕事,这一点与他和哥哥一起把南极亚拉从暴君滕格尔、恶魔卡特拉手里解放出来的壮举形成鲜明对比。作品中有这样的情节:兄弟俩从悬崖上跳下去,以便从南极亚拉到另一个国家南极里马。他们去了另外一个世界以后变得强壮、勇敢和健康。一部分人把这一描写解释成儿童自杀,但多数人把这段解释成一种故事情节的升华,由一个想象的世界到另一个想象的世界。我还听到有第三种解释,即瑞典是一个福利社会,人们没有物质生活方面的困难,老人和孩子都很怕死。老人可以用基督教的来世梦想和进入天国之类的事求得安慰。孩子们怎么办?他们经常给报社或电视台写信、打电话,问"人为什么要死?"专家们用科学的方法给孩子们讲解生与死的辩证关系、新陈代谢等,说明死并不都是坏事。作家通过自己富于想象的作品不是也可以起到相同的作用,甚至效果更好吗?《绿林女儿罗妮娅》比上边提到的两部作品有更多的现实主义成分,书中所描写的问题有更多的可能性。女孩罗妮娅和男孩毕尔克分属两个世代为仇的绿林家庭。两个人对自己家庭传统进行造反，一种真挚的友谊在他们之间迅速建立，他们拒绝再过到处抢劫的绿林生活。人们称这部作品为瑞典式的《罗密欧与朱丽叶》。两个孩子在山洞里过着与世隔绝的生活，这也有点儿像《鲁滨孙漂流记》。但作品有着林格伦自己的特征：紧张的情节、通俗的现实主义和幽默风趣。罗妮娅和毕尔克生活在充满可怕和喜剧性生灵的世界里，如人面野鹰和小人熊等。他们的父亲都是魁梧、健壮、心地善良的绿林首领，但他们不知道除了劫富济贫的绿林生活外，还有其他什么选择。

林格伦的另一部分作品介于通俗与想象两种风格之间。《淘气包埃米尔》(1963)中很多故事相当粗犷和非理性，有着伟大的喜剧风格，但一切都植根于世纪之交的斯莫兰的日常生活。一部分内容有点儿像古代的英雄萨迦，如埃米尔在风雪中把病入膏肓的阿尔弗雷德送到医院，以及请穷苦的人们吃圣诞饭。

当《小飞人卡尔松》(1955)中的卡尔松飞进小弟的中产阶级家庭生活时，起初人们都把他看作是孤单儿童的虚幻中的伙伴。但卡尔松是一个极富有个性的小家伙，有着人类的各种特征——他爱说大话、自私自利、不诚实和爱翻别人的东西，还不停地给小弟制造麻烦。但是小弟和其他读过这本书的孩子都喜欢他——“不胖不瘦、风华正茂”。如果人们偶尔还把他当作虚幻的人物的话，那么在小弟把他介绍给其他家庭成员时，这种感觉马上消失了，他成了一个实实在在的人。

林格伦的作品还包括侦探小说，如《大侦探小卡莱》(1946)；专门描写女孩子的作品，如《布丽特－马利亚心情舒畅了》(1944)、《夏士婷和我》(1945)。作品幽默、大方，很少有道德说教。

林格伦 1907 年出生在瑞典斯莫兰省一个农民家里。20 世纪 20 年代到斯德哥尔摩求学，毕业后做过一两年秘书工作。她有 30 多部作品，获得过各种荣誉和奖励。1950 年获瑞典图书馆协会颁发的

"尼尔斯·豪尔耶松金匾"；1957年获瑞典"高级文学标准作家"国家奖；1958年获"安徒生金质奖章"；1970年获瑞典《快报》"儿童文学和促进文学事业金船奖"；1971年获瑞典文学院"金质大奖章"。此外，她还获得过1959年《纽约先驱论坛报》春季奖和1957年德国青年书籍比赛的特别奖。她在1946年—1970年将近1/4世纪里担任拉本和舍格伦出版公司儿童部主编，对创造这个时期的瑞典儿童文学的黄金时代做出了很大贡献。

2002年，林格伦女士以94岁高龄辞世，瑞典为她举行了国葬，人们称她为民族英雄。在我送的花圈上写着："你的中文译者向你致最后的敬意！"她走了，却给世界留下了宝贵的文学遗产。她的作品被译成多国文字，发行量达到1.3亿册。把她的书摞起来有175个埃菲尔铁塔那么高，把它们排成行可以绕地球三圈。

瑞典文学院院士阿托尔·隆德克维斯特在1971年瑞典文学院授予她"金质大奖章"的授奖仪式上说：

> 尊敬的夫人，在目前从事文艺活动的瑞典人中，大概除了英玛尔·伯格曼之外，没有一个人像您那样蜚声世界。
>
> 您在这个世界上选择了自己的世界，这个世界是属于儿童的，他们是我们当中的天外来客，而您似乎有着特殊的能力和令人惊异的方法认识他们和了解他们。瑞典文学院表彰您在一个困难的文学领域里所做的贡献，您赋予这个领域一种新的艺术风格，即充分的心理描写、幽默和叙事情趣。

目录

目录

狮心兄弟

狮 心 兄 弟

Shixinxiongdi

第一节

我要讲我哥哥的故事。我哥哥叫约拿旦·狮心，他就是我要讲的。我觉得好像是童话，也有点儿像幽灵的故事，不过我要讲的都是真人真事。尽管除了我和约拿旦以外谁也不知道。

约拿旦一开始不姓狮心。他就姓狮，跟妈妈和我的姓一样。他的全名叫约拿旦·狮，我叫卡尔·狮，妈妈叫希格莉·狮。爸爸叫阿克塞尔·狮，然而他离开了我们，当时我才两岁，他航海去了，后来我们再也没听到他的消息。

不过我现在要讲的是我哥哥约拿旦怎么变成了约拿旦·狮心，以及此后发生的一切动人的事情。

约拿旦知道我很快就要死了。除了我以外好像别人都知道，他们是从学校知道的。因为我有病，一直躺在家里咳嗽，最近半年根本不能上学。妈妈帮助很多阿姨缝衣服，她们也都知道，其中一位曾经跟妈妈谈到过，我是无意间听到的。当时她们以为我睡着了。其实我没睡着，只是闭着眼。我继续装着没事儿一样，因为我不愿意表现出我已经听到了那件可怕的事情——我很快就要死去。

我当然很伤心很害怕，我不愿意在妈妈面前表现出来，不过约拿旦回家以后我跟他讲了。

“你知道吗，我要死了。”我一边说一边哭。

约拿旦思索了一会儿。他大概不愿意回答，不过最后他说：

“我知道。”

这时候我哭得更伤心了。

“怎么会这样残酷?”我问，“一个人还不满十岁就得死，怎么会这样残酷?”

“你知道吗，斯科尔班?我不相信死是残酷的，”约拿旦说，“我相信你将得到极乐。”

“极乐，”我说，“死了以后躺在地底下是极乐!”

“哎呀，”约拿旦说，“那如同你的躯体躺在那里，而真你将飞向完全不同的地方。”

“那是什么地方呢?”我问，因为我无法理解他。

“南极亚拉。”他说。

南极亚拉——他脱口而出，就像每个人都知道一样，可是我过去从来没有听说过。

“南极亚拉，”我说，“在什么地方?”

这时候约拿旦说他也不确切知道，不过肯定在星河彼岸的什么地方。他开始讲述南极亚拉，讲得我恨不得马上就飞到那里去。

“那里还处在篝火与童话的时代，”他说，“你会喜欢的。”

“一切童话都起源于南极亚拉，”他说，“因为各种事情都发生在那里，你到了那里以后，从早到晚都可以参加历险，夜里也可以去。”

“喂，斯科尔班，”他说，“跟生病躺在家里咳嗽，连玩也不能玩可大不一样。”

约拿旦管我叫斯科尔班。从我很小的时候他就这样叫我，有一次我问他为什么这样叫我，他说因为他喜欢吃一种叫斯科尔班的皱皱巴巴的干面包，我长的样子特别像这种面包。啊，约拿旦非常喜欢我，真是有点儿怪。我一直是一个长得挺丑、不聪明、胆子又小的男孩，腿还是弯曲的。我问约拿旦，他怎么会喜欢一个很丑很笨又弯腿的男孩呢？他说：

“如果你不是一个长得有点儿甜、腿弯曲的丑小子，那你就不是我的斯科尔班，我喜欢的正是你这个样子。”

不过在我担心死去的那个晚上他说，我只要到了南极亚拉立刻会健康、强壮起来，甚至会变得英俊。

“会像你一样英俊？”我问。

“比我还要英俊。”他说。

不过我知道他是在哄我，因为从来没有比约拿旦更英俊的人，别的地方也不会有。

有一次，一位要妈妈缝衣服的阿姨对她说：

“亲爱的狮夫人，您有一个儿子看起来就像童话中的王子！”

她不是指我，肯定是指他！

约拿旦看起来确实像一位王子，他真的是这样。他的头发闪着光，就像金子一样。他有着蓝色的眼睛，整齐、洁白的牙齿，双腿很直。

不仅如此，他还和气、强壮，无所不知，无所不能，在班里是第一名。他走到哪儿，院子里的孩子就跟到哪儿，大家都愿意和他在一起，他总能为他们找到有趣的事情做，还带着他们去历险。我无法参加，因为我只能天天躺在厨房里的旧沙发上。不过约拿旦一回家就把一切讲给我听：有他自己的事情，有他看到、听到和读到的事情。他坐在我的沙发沿上要讲多久就能讲多久。约拿旦晚上也住在厨房里，他睡在从更衣室拿来的一张床上。他躺在床上以后还继续为我讲童话讲故事，直到妈妈从屋子里喊：

“喂，你们别说话了！小卡尔该睡觉了。”

不过当我不停地咳嗽时很难睡得着。有时候约拿旦半夜起来，为我煮蜂蜜水止咳。啊，他真好，约拿旦！

我害怕死去的那个晚上，他在我身边坐了好几个小时，我们谈论着南极亚拉，不过声音很小，免得让妈妈听见。像往常一样，她坐在屋里为人家缝衣服，她睡的屋子里有一台缝纫机——你知道吧，我们就有一间带厨房的屋子。屋门是开着的，我们能听见她唱歌，还是通常那首海员到远方航海的歌，她可能在想爸爸。我记不清这是一首怎样的歌，我只记得有几行是这样的：

我在大海上死去，你动人、美丽，
可能是一个晚上
一只雪白的鸽子
飞到你的家，
飞到你的窗下，
这是我的灵魂
希望在你的亲切怀抱里
有片刻的安息……

我觉得这是一首美丽、悲伤的歌曲，可是约拿旦听了以后却笑起来，他这样说：

“你听着，斯科尔班，你可能在一个晚上飞到我的身边，从南极亚拉。像一只雪白的鸽子站在窗台上，就是你，好乖的弟弟！”

我正要开始咳嗽，他把我托起来，紧紧地抱着我，遇到坏事的时候他经常这样做，他唱道：

此时此刻，小斯科尔班，我知道
这是你的灵魂，
希望在亲切的怀抱里
有片刻安息……

这时候我才想到，没有约拿旦我将怎样到南极亚拉去。没有他我会变得多么孤单。如果约拿旦不一块儿去，即使我整天泡在童话和历险里又有什么用呢？我感到害怕，不知道该怎么办。

“我不想去那里，”我一边说一边哭，“你在哪儿我也在哪儿，约拿旦！”

“好，不过我肯定也要去南极亚拉，你知道吧，”约拿旦说，“迟早要去。”

“迟早要去，对，”我说，“不过你可能活到 90 岁，而这段时间我得一个人待在那里。”

这时候约拿旦说，南极亚拉不像地球上那样有时间。即使他真的活到 90 岁，我也只觉得才过两天他就来了。这是因为那里没有真正的时间。

“两天的孤单你大概忍得住吧，”他说，“你可以爬树，在森林里点燃一堆篝火，坐在小河边钓鱼，这些都是你梦寐以求的。正当你坐在那里，恰好钓起一条鲈鱼的时候，我飞来了，你会惊喜地说：‘我的天啊，约拿旦，你已经到这儿啦！’”

我竭力止住哭，因为我想两天我还是可以忍受的。

“不过我还是想，如果你先去不是更好吗？”我说，“这样就是你坐在那里钓鱼了。”

约拿旦同意我的话。他看了我很久，像平常一样他非常温和，我发现他很伤心，因为他说的时候声音很低，很悲痛：

“不过在没有斯科尔班的情况下，我还得生活在地球上。可能 90 年!”

我们都觉得会是这样!

第二节

我现在遇到了难事。我真不敢想它，而又不能不想。

我的哥哥约拿旦，事情本来应该是这样，他继续生活在我的身边，晚上坐着讲故事，白天上学，跟院子里的孩子玩，为我煮蜂蜜水或做其他事情。可是现在不是这样……不是这样！

约拿旦如今在南极亚拉。

实在难开口，我不能，不能，我不忍心讲这件事。不过报纸上登了这样一条消息：

昨晚本市法格尔卢森住宅区发生一场可怕的火灾，一栋老式木头楼房化为灰烬，有一人丧生。火灾发生时，一位名叫卡尔·狮的十岁男孩正好一个人躺在二层楼的家里。大火刚刚燃起时，他十三岁的哥哥约拿旦·狮赶回家，不顾众人劝阻飞速跑进熊熊燃烧的房子抢救弟弟。转瞬间整个楼梯变成一片火海，被大火困在屋里的人只得跳窗逃生。惊慌失措的人们站在楼房前面，无可奈何地看着那位十三岁的男孩如何背着自己的弟弟，带着身后的大火毫不犹豫地从窗子跳了出去。男孩在落地时严重受伤，不久死去，他的弟弟由于在掉下来的时候得到他身体的保护而安然无恙。两兄弟的母亲正巧在一位顾客家里——她是裁缝——回来后立即晕倒。火灾起因不详。

在报纸的另一版上刊登了较多的有关约拿旦的介绍，文章是他的女老师写的。内容如下：

亲爱的约拿旦·狮，你难道不应该叫约拿旦·狮心吗？你记得我们读的故事书里有一个勇敢的英国国王名叫里查德·狮心的吗？你记得你当时这样说过吗？“想想看，他是这样的勇敢，连后世的故事书里都有关于他的记载，我永远也成不了这样的人！”亲爱的约拿旦，在故事书里可能没有关于你的记载，但是你在关键时刻表现出同样的勇敢，你是名副其实的英雄。你的年迈的老师永远不会忘记你。你的同学将把你永记心中。班里由于失去我们快乐、英俊的约拿旦而显得空旷。但是上帝会爱早逝的英灵。约拿旦·狮心，安息吧！

格列达·安德松

约拿旦的女老师真够笨的，不过她很喜欢约拿旦，大家也都喜欢他。她找出“狮心”这个词还是很不错的，确实不错！

城里大概没有人不为约拿旦伤心的，没有人不认为我死了要比他死了好得多。至少我知道拿着各种布料和黄油的阿姨们是这样想的，她们穿过厨房时看着我叹息，并对妈妈说：“可怜的狮夫人！怎么偏偏是约拿旦！”

我们现在住在旧楼旁边的一栋楼里，跟原来的房子一样大，只不过低一层。我们从济贫所得到一些旧家具，阿姨们也给了我们一部分。我躺在和过去差不多一样的沙发上，一切都跟过去差不多。但是一切又都与过去不同了！因为再也没有约拿旦了。晚上没有人坐在我的身边跟我讲话，我孤单一人，心里极为难过。我只能躺在床上，自己对自己小声地讲着约拿旦临死之前说的那些话。当时我们刚从楼上跳下来，躺在地上。一开始他趴在地上，但是后来有人把他翻过来，我看到了他的脸。他的嘴角流出一点儿血，几乎不能说话。但是他好像竭力装出微笑，并吃力地说出几个字：“别哭，斯科尔班，我们南极亚拉见！”

他说了这几句，别的没有了。然后他闭上了眼睛，人们过来，把他抬走，我再也没有见到他。

我真不想记住约拿旦刚死的那段时间，但是那么可怕的事情又无法忘掉。我躺在那里想约拿旦，直到我觉得脑子都要炸了，没有任何想念比想念约拿旦更难受了。我也害怕。我突然想到，那个南极亚拉是否真是那样！如果是约拿旦编造的一个故事该怎么办？他平时经常编故事。我哭得很厉害，真是这样。

但是约拿旦后来回来了，回来安慰我，他回来了，天啊，真是太好了！差不多一切又都恢复了正常。他在南极亚拉很明白，没有他我在这里会怎么样，他认为他一定要来安慰我。因此他回到我身边，如今我不再忧伤，我只是等待。

有一个晚上他回来迟了一点儿。我在家里很孤单，我躺着，想他想得直哭，我很害怕，又病又倒霉，受的罪简直无法说。厨房的窗子开着，因为春天的夜晚温暖、美丽。我听到鸽子在外面叫，后院有一大群鸽子！每到春天它们就咕咕地叫个不停。

这时候发生了一件事。

正当我脸朝枕头哭的时候，我听到在离我很近的地方有一种咕咕的声音，我一抬头，看见一只鸽子站在窗台上，它用友善的眼睛看着我。一只雪白的鸽子，很奇特，不是院子里那种灰色的鸽子！一只雪白的鸽子，当我看见它时，谁也无法体会出我的感觉。因为跟那首歌里的鸽子一模一样——“可能是一个晚上一只雪白的鸽子飞到你的家。”我仿佛又听到约拿旦这

样唱“此时此刻，小斯科尔班，我知道这是你的灵魂”，但如今是他飞回我的身边。

我想说点儿什么，但是身不由己。我只好躺在那里，听它咕咕地叫，在叫声的背后，或者在叫声中间，反正在什么地方，我听到了约拿旦的声音。不过与往常不一样。好像是整个厨房里的一种耳语，听起来像讲一个幽灵的故事，我本来会害怕的，但是我没有。相反我高兴得恨不得跳到顶棚上去，因为我听到的一切都是那样美妙。

好啦，当然正确，说的就是南极亚拉！约拿旦希望我尽快到那里去，他说那里的一切都非常好。只要一想就明白了，当他去的时候，早已为他准备了一栋房子，这是他在南极亚拉得到的完全属于自己的一栋房子。他说那是一座古老的庄园，名叫骑士公馆，大门上有一块绿色的小匾，上面刻着：

狮心兄弟

“多带劲儿，我俩都住在那里。”约拿旦说。

想想看吧，我到了南极亚拉也可以姓狮心。我为此感到高兴，因为我非常愿意与约拿旦的姓完全一样，尽管我没有他那样勇敢。

“你尽快来吧，”他说，“如果你在骑士公馆找不到我，就是我到河边钓鱼去了。”

后来鸽子飞走了，直接飞过楼顶，回南极亚拉去了。一切又恢复了平静。

我躺在沙发上，只等着随后飞去。我希望找到那里不会很困难。约拿旦说很容易。不过我还是写下了那个地址，以防万一：

南极亚拉樱桃谷骑士公馆

狮心兄弟

约拿旦一个人在南极亚拉已经住了两个月。我在没有他的情况下度过了漫长、可怕的两个月。不过我很快就会去南极亚拉，很快就会飞到那里，可能就在今天夜里，我感到今天夜里就能实现。我写了一张纸条，放在桌子上，妈妈明天早晨起来就会看见。

纸条上是这样写的：

不要哭，妈妈！

我们南极亚拉见！

第三节

后来我真的到了南极亚拉，我有一种从未有过的美妙感受。当我站在大门口的时候，上面一字不差地写着：

狮心兄弟

我是怎么到了那里？什么时候？没有问任何人怎么就能找到路？我都不知道。我唯一知道的是，我突然站在那里，并且看到了门上的名字。

我喊约拿旦，喊了几次他都没有回答。这时候我突然想起——他肯定坐在河边钓鱼。

我朝河边跑去。一条小路通向那里。我跑呀，跑呀——我看见约拿旦坐在桥上。我的哥哥，他坐在那里，他的头发在阳光中闪着亮光。我也想讲点儿什么，但是我实在无法用语言表达我们重逢时的感受。

他没有发现我来了。我使劲儿喊着“约拿旦”，我觉得我都哭了，因为我听到了一点儿奇怪的声音。约拿旦终于听到了我的喊声，他抬起头，看见了我。最初的一刹那他好像不认识我了。但是随后他就喊了起来，扔下渔竿朝我跑来，用手抓住我，好像要感受一下我是否真的来了。这时候我只是小声地哭，可是我为什么要哭呢？因为我太想他了。

约拿旦反而笑了，我们站在河边的山坡上，紧紧地拥抱着，别提多么高兴了，因为我们又在一起了。

约拿旦这样说：

“好啊，斯科尔班 · 狮心，你总算来了！”

斯科尔班 · 狮心，听起来真不顺耳，所以我俩对着扑哧笑了。我们越笑越厉害，好像从来没遇到过这样开心的事，尽管我们是成心想找点儿事乐一乐，人高兴的时候不笑出来憋在肚子里会难受的。后来我们高兴得打了起来，一边打一边笑。啊，这时候我们都摔倒在草地上了，一边笑一边滚，后来竟掉进河里去了，因为我们还在笑，所以差点儿被河水淹死。

后来我们开始游泳，以前我从来不会游泳，尽管我特别想学会。现在我一下子就会了，而且游得非常好。

“约拿旦，我会游泳了。”我叫着。

“对，那还用说。”约拿旦回答。这时候我突然想起了什么。

“约拿旦，你发现一件事没有？”我说，“我不再咳嗽了。”

“对，你当然不会再咳嗽。”他说，“因为你现在到了南极亚拉。”

我高兴地游了一会儿，然后爬到桥上。我像落汤鸡一样站在那里，水从衣服上不断地往下流。裤子紧紧地贴在腿上，因

此我能够清楚地看到发生了什么。不管你信不信，我的腿已经变得与约拿旦的腿一样直了。

这时候我突然也想到，我是不是也变得英俊了？我问约拿旦，他有什么想法。如果他发现我比过去英俊多了该多好啊。

“照一照镜子。”他说，他的意思是指河。因为河水一平如镜，所以人们能照见自己。我趴在桥上往下看，看到了水中的自己，不过我没有发现自己比过去漂亮了。约拿旦走过来，趴在我的身边，我们趴了很久，看着水中的狮心兄弟：约拿旦长着金黄色的头发和漂亮的眼睛，他的脸很清秀，我长着蒜头鼻子，头发直挺挺的。

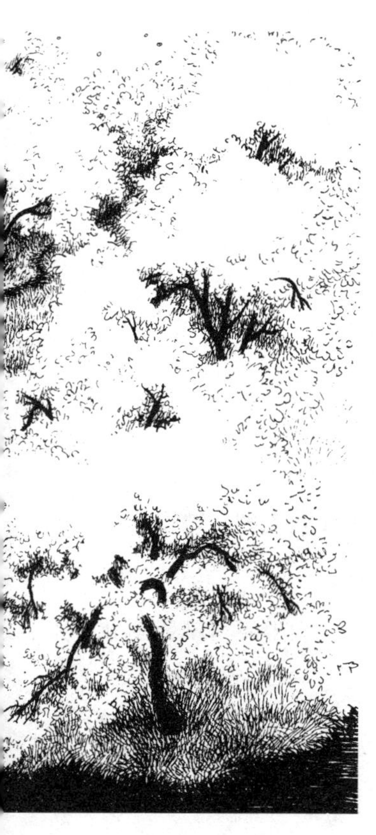

“嗐，我看不出我变得英俊了。”我说。

不过约拿旦说跟过去比有很大变化。

“你看起来也很健康。”他说。

这时候我仔细摸了摸。当我躺在桥上的时候，我感到我身上的每一块地方都健康、愉快，我为什么一定要漂亮呢？我的全身是那样的幸福，高兴得只是想笑。

我们在那里躺了一会儿，让阳光温暖着我们的身体，看着鱼儿在桥下游来游去。后来约拿旦说我们该回家了，我也想回家，因为我急于看一看骑士公馆，现在我要住在那里。

我们走在通向公馆的小路上，约拿旦走在前面，我有了健康的双腿，跟在他的后面。我一边走一边不停地看着我的双腿，用健康的腿走路真是舒服极了。当我们走上一段坡的时候，不禁回头望了一眼。这时候我看见了樱桃谷，啊，这条山谷到处是白色的樱花！白花绿叶，野草青青。河像一条银色的带子穿过青白相间的山谷。为什么刚才我没有看见这美景而只注意约拿旦呢？现在我平静地站在小路上，看着这美景，我问约拿旦：

“这大概是地球上最美丽的地区吧？”

“对，但不是地球上。”约拿旦说，我突然想起我是在南极亚拉。

樱桃谷的周围屹立着很多高山，景色也很美丽。河水和瀑布沿着峭壁奔腾而下，构成一曲春天的歌。

这儿的空气也不一般，清新、凉爽，让人恨不得都吸到肚子里。

“城里的家需要几公斤这样的空气。”我说，因为我记得我躺在沙发上时多么渴望吸进一点儿新鲜空气，当时觉得根本

没有空气。

但是这里有，我拼命地吸，我怎么吸也像是吸不够。约拿旦跟我开玩笑说：

“无论如何你也得给我留一点儿。”

我们走的小路铺满了凋谢的白色樱花，我们头上也飘着美丽的白色花瓣，但是我喜欢长着青草、铺着樱花瓣的小路，我确实喜欢这样的小路。

小路的尽头是骑士公馆，门上有一块小匾。

“狮心兄弟，”我高声地念给约拿旦听，“多好啊，我们将住在这里！”

“你想得对，斯科尔班，”约拿旦说，“难道不好吗？”

当然好，我知道约拿旦也认为好。就我而言，我永远也想不出还会有令我更喜欢住的地方。

这是一座白色的旧房子，一点儿也不大，绿色的屋架，一个绿色的门，周围有一片绿色的草地，那里长着立金花、扁桃花和雏菊，丁香花和樱桃花也在那里竞相开放。周围是一堵石头墙，灰色的，矮矮的，上面爬满粉色的花。人们可以毫不费力地跳过去，但是当人们走到大门前的时候，感到这道墙似乎可以挡住外面的一切，在里边感到安全、自由。

那里实际上有两座房子，不是一座，尽管另一座更像马厩或者其他什么。两座房子的房角互相对着，中间有一个旧的凳子，看起来像是石器时代造的。不管怎么说，那是一个令人愉快的凳子和一个惹人喜欢的墙角。人们会饶有兴趣地坐在那里想点事情，谈谈话，看看小鸟儿，或者喝点儿果汁之类的东西。

“我在这儿会习惯的，”我对约拿旦说，“房子里边也这

样好吗？”

“进去看看。”他说。他站在门口准备进去，恰好在这个时候传来牲口叫的声音，啊，确实是一匹马在叫。约拿旦说：

“我提议我们先去马厩！”

他走进第二座房子，我跟着跑了进去，猜猜看我是怎么跟着跑进去的！

那确实是一个马厩，跟我原来想的完全一样，里边有两匹马，我们走进去的时候，那两匹棕色的骏马回过头来对着我们叫。

“它们叫格里姆和福亚拉尔，”约拿旦说，“猜猜看，哪一匹是你的！”

“不，别装模作样的，”我说，“别装模作样地骗我，怎么会有我的马，我无论如何不会相信。”

但是约拿旦说，在南极亚拉人们没有马什么事也干不成。

“没有马哪儿都去不成，”他说，“你知道吗，斯科尔班，有时候人们需要去很远的地方。”

这是很久以来我听到的最好消息——在南极亚拉人们一定得有马，太好了，我最喜欢马。想想看，它们的鼻子多么柔软，我不知道有什么东西这样柔软！

马厩里的这两匹马是一对少见的骏马。福亚拉尔的脸是白色的，其他地方两匹马完全一样。

“那好吧，格里姆可能是我的。”我说，因为约拿旦一定要我猜。

“你完全错了，”约拿旦说，“福亚拉尔是你的。”

我让福亚拉尔闻一闻我，我抚摩着它，一点儿也不害怕，尽管我过去从来没有动过马。我从一开始就喜欢它，它肯定也喜欢我，至少我相信这一点。

“我们还有家兔，”约拿旦说，“在马厩后边的一个笼子里，不过你以后再看吧。”

啊，这是他的想法！

“我一定要立刻去看。”我说。因为我一直渴望有几只家兔，在城里的家我不可能有。

我在马厩后边转了一下，那里的一只笼子里真的有三只可爱的小白兔，它们正在嚼几片蒲公英叶子。

“真是奇怪，”后来我对约拿旦说，“在南极亚拉人们渴望什么就一定能得到什么。”

“一点儿不错，我过去也跟你说过。”约拿旦说。确实跟他说的完全一样，他是坐在我的沙发边上讲的。现在我已经看到与事实相符，我为此感到高兴。

有些事情我永远忘不了。我永远永远也忘不了在骑士公馆的厨房里度过的第一个夜晚是那样的舒适，我躺着和约拿旦说话，感到跟过去一样。尽管与我们城里的厨房不一样，肯定有很大差别。我认为骑士公馆的厨房是古式的，屋顶是很粗的圆木头，有一个很大的开口壁炉。炉子真大，几乎占了整个一堵墙，如果人们想做饭，就必须把食物直接放在火上，跟古代一样。地板中央有一个结结实实的大桌子，两边放着长长的木凳，我有生以来第一次看到，我觉得二十人一起用餐也不会感到拥挤。

“我们还像过去那样住在厨房里，”约拿旦说，“这样妈妈来的时候就可以用那间房子了。”

一间房子和一个厨房，这就是整个骑士公馆，再多我们也不习惯，我们不需要更多的房子。即便如此，它也比我们城里的房子至少大一倍。

啊，城里的家！我告诉约拿旦，我给妈妈写了一张纸条，放在厨房的桌子上。

“我告诉妈妈，我们南极亚拉再见，不过谁知道她什么时候能来呢?”

“可能要过一段时间，”约拿旦说，“这么大一间房子足够她放十台缝纫机，如果她愿意的话。”

猜猜看，我喜欢干什么！我喜欢躺在那间古式厨房里的一张旧折叠床上和约拿旦说话，火光映照在墙壁上，当我从窗子朝外看时，我看见樱桃枝在晚风中摇曳。炉子里的火苗逐渐缩小，最后就剩下火炭，墙角开始变暗，我越来越困。我躺在那里，但是不咳嗽，约拿旦给我讲故事。讲呀，讲呀，最后我听到他的声音已经很小很小了，又像上次那种耳语了，我开始进入梦乡。这一切正好是我喜欢的，我就是这样度过了骑士公馆的第一个夜晚，它使我永生难忘。

第四节

第二天早晨，我们就去骑马。当然，我会骑，不过这是我第一次骑在马背上——我不明白怎么会变成这样，人一到南极亚拉就什么都会。我骑着马奔跑，就像我生来就会。

不过还是请你看约拿旦骑马吧！一位阿姨曾经说我哥哥像童话中的王子，如果她在这儿就好啦。当约拿旦挥鞭跃马穿过樱桃谷的林间草地时，她真的会看到一个难以忘怀的童话王子。他全速奔驰，一跃跳过前边的河，就像飞一样，头发在空中飘动。这时候人们真的相信，他就是童话中的王子。他穿得像童话中的王子，确切地说更像一个骑士。骑士公馆的衣柜里装满了衣服，这些衣服就是从那里拿出来的，这不是现在人穿的衣服，是古代骑士服。我们也为我挑了一套，我把我的破衣服都扔掉了，我再也不想看见它们。因为约拿旦说我们的穿着一定要入乡随俗，不然樱桃谷的人会认为我们很怪。这不是约拿旦说的篝火与童话的时代吗？当我们身着漂亮的骑士服骑在马上玩的时候，我这样问他：

“我们生活在南极亚拉的时代大概是一个很古老的时代吧？”

“在某种程度上你可以这样说，”约拿旦回答，“对我们来说这当然是一个古老的时代。不过人们也可以说这是一个年轻的时代。”

他沉思了一下。

“对，正是这样，”他说，“我们生活在一个年轻、健康和美好的时代，清闲、简朴。”

但是随后他的眼光变得忧郁了。

“至少樱桃谷是这样。”他说。

“其他地方还不一样？”我问。而约拿旦说其他地方情况确实不同。

这么说真够运气的，我们正好到了这里！恰巧樱桃谷的生活清闲、简朴，就像约拿旦说的那样。生活不可能比这天早晨更清闲、简朴和愉快了。阳光通过窗子照进厨房，我醒来，鸟儿在外面的树上欢快地叫着，我看见约拿旦默默不语地走在厨房里，把面包和牛奶摆在桌子上，我吃完饭以后走出去，给家兔喂食，给马刷毛，然后骑马外出。啊，真好，骑马外出，草上布满露珠，在四处闪闪发光，野蜂和蜜蜂在樱花丛中嗡嗡采蜜，马在路上长嘶，我一点儿也不担心。想想看，人们不必担心某件事情突然结束有多好。一切愉快的事情经常突然结束，在南极亚拉不用担心！至少在樱桃谷不必担心！

我们骑着马漫无目的地在林间草地上奔跑了很久，而后我们沿着弯弯曲曲的河边小路前行，突然我们看到了山谷下村庄上空的炊烟。开始只能看到烟，后来看到整个村庄里的古老房子和庄园。我们听到鸡鸣、狗吠和羊叫，这一切构成一首晨曲。村庄显然刚刚醒来。

一位女士挎着篮子朝我们走来。她大概是一位农妇，不老也不小，正值中年，皮肤是棕色的，如果人们总是风里来雨里去的话，很容易变成这个样子。她穿着古代的服装，跟童话里的人物差不多。

“哎呀，约拿旦，你的弟弟终于来了。”她说话的时候露出了友善的微笑。

“对，他现在来了，”约拿旦说，听得出来他觉得不错，“斯科尔班，这是索菲娅。”他随后说，索菲娅点点头。

“对，我是索菲娅，”她说，“我遇到你们正好。那就请你们自己拿这个篮子吧。”

约拿旦接过篮子，好像他很习惯这样做，不需要问篮子里是什么东西。

“你最好今天晚上把你弟弟带到金鸡那里去，以便大家都能问候他。”索菲娅说。

约拿旦说他会这样做，随后我们向她告别回家。我问约拿旦谁是金鸡。

“是金鸡饭店，”约拿旦说，“这家饭店在村子里。我们在那里聚会，讨论我们需要讨论的问题。”

晚上跟约拿旦去金鸡饭店太有趣了，可以看看住在樱桃谷的人。樱桃谷和南极亚拉的一切我都想知道。我也想证实一下约拿旦过去说过的话。此外我还想起了一件事，当我们骑马前行的时候我提醒他。

“约拿旦，你说过我在南极亚拉可以从早到晚参加历险，甚至晚上也可以，你记得吗？可是这里多么安静，根本没有什么历险。”

约拿旦听了以后笑了。

“你昨天才来，这一点你忘记了吧？傻瓜，你的前脚进来而后脚还没进来呢！你当然来不及参加历险。”

我说，当我仔细想的时候，我们已经有了骑士庄园、马匹、家兔和其他东西就是足够的历险和快乐，更多的历险我也不需要。

这时候约拿旦奇怪地看着我，好像他在可怜我，他说：

“对，你知道吧，斯科尔班，我希望你就有这些东西，适可而止。你要知道有些历险是不必要的。”

我们回到家里，约拿旦在饭桌上打开索菲娅给的篮子，里边有一个面包、一瓶牛奶、一小碗蜂蜜和几块点心。

“索菲娅为我们送饭?”我吃惊地说。我还没有仔细想过，我们怎么样得到吃的东西。

“她有的时候给我们送。”约拿旦说。

“一点儿钱也不要?”我问。

“啊，可以这么说吧，”约拿旦说，“在樱桃谷一切都是免费的。我们都互相赠送和互相帮助，因为人们需要这样做。”

“你也给索菲娅东西?”我问。

“对，这是应该的，”他说，“我把马粪送给她种玫瑰花。我替她管理——完全免费。”

而后他的声音很低，我几乎听不见他在说什么：

“我也帮助她做些其他的事情。”

恰巧这个时候我看见他从篮子里拿出一件东西，一个很小很小的纸团，不是别的东西。他打开纸团，读上面写的事情，这时候他皱起了眉头，好像不喜欢里边的内容。不过他什么也没有对我说，我也不想问。我知道，如果他想让我知道的话，他会告诉我纸团里写的内容。

在厨房的一个角落里我们有一只大箱子。我到骑士公馆的第一个晚上约拿旦跟我讲过这只箱子。他说，箱子里有一个秘密盒子，如果不知道机关，既不能看也不能打开。我当然想立即看看，可是约拿旦说：

“下次吧。你现在该睡觉了。”

后来我睡着了，也就把这件事忘了，但是现在我又想起来了。因为当我走到箱子旁边的时候，我听到了箱子奇怪地响了几下。不难想出他在干什么，他把纸条藏进了盒子里。然后他锁上箱子，把钥匙放到厨房高架子上的一个古老罐子里。

随后我们去洗澡，我从桥上跳进河里，啊，真好，我会跳水啦！洗完澡约拿旦为我做了一根渔竿，跟他自己的那根一样，我们钓了一点儿鱼，刚好够我们午饭吃的。我钓上来一条特别好的鲈鱼，约拿旦钓上来两条。

我们把鱼放进一口锅里，然后把锅挂在我们大炉子上面的一根铁链子上煮。吃完饭约拿旦说：

“斯科尔班，现在让我们看看你能不能射箭。有时候人们需要有这个本领。”

他把我带进马厩，在马具室挂着两把弓箭。我知道这是约拿旦做的，我们住在城里时，他总是给院子里的孩子们做弓箭玩。不过这里的两把要大得多漂亮得多，这可是真家伙。

我们把靶子贴在马厩的门上，整整射了一个下午。约拿旦为我作示范。我射得真不错，当然不如约拿旦，他几乎百发百中。

约拿旦与众不同。尽管他样样比我强，可是他自己认为这没有什么。他从来不显摆自己，好像他做什么事都不考虑这个问题。有时候我甚至想，他可能希望我超过他。有一次我也射中靶心，他显得很高兴，就像他从我那里得到了一件礼物一样。

夕阳西下，约拿旦说到时间了，我们该去金鸡饭店了。我们对着格里姆和福亚拉尔吹口哨。它们自由地在骑士公馆外面的林间草地上吃草，但是当我们吹起口哨时，它们就迅速地跑到大门口。我们备好马鞍，骑到马上，悠然地朝村子里走去。

我突然感到害怕和不好意思。我不习惯见生人，特别是见住在南极亚拉的那些人，我把这个心事告诉了约拿旦。

“有什么可怕的？”他说，“你难道不相信这里没有人会伤害你？”

“当然没有，不过他们可能会笑话我。”

当我这样说的时候，我自己也觉得很愚蠢，他们为什么要笑话我呢？不过我一直这样胡思乱想。

“你知道吗？当你有了狮心这个姓以后，我觉得从现在起我们应该叫你卡尔，”约拿旦说，“斯科尔班 · 狮心，这个名字可能真的会使他们大笑。你自己也许会笑死，我也是。”

对，我愿意叫卡尔。这个名字可能更适合我的新姓。

“卡尔 · 狮心，”我自己叫着，想试试好听不好听，“卡尔和约拿旦 · 狮心骑着马来了。”我自己说着，觉得很好听。

“不过你仍然是我昔日的斯科尔班，”约拿旦说，“这，你是清楚的，小卡尔。”

我们很快来到村子里，街上发出嘚嘚的马蹄声。我们毫不费力地找到目的地，因为我们从很远就听到了说笑声。我们还看到牌子上有一只金色的大公鸡，一点儿不错，那里坐落着金鸡饭店，正是我在书里经常读到的那家令人感到舒适的古老饭店。从小窗子里透出柔和的光。我确实想试试进饭店的滋味，因为我从来没有进过饭店。

我们首先进了一座院子，把格里姆和福亚拉尔拴在那里，旁边还有很多其他的马。现在证实了约拿旦说的话，人们在南极亚拉一定要有马。我相信樱桃谷的每一个人今天晚上都来金鸡饭店了。我们走进去的时候，大厅里早已挤满了人。有男人和女人，有大人和孩子，村里的人都来了，大家站在那里聊天，都显得很愉快，不过一部分小孩子已经躺在父母的膝盖上睡着了。

我们一到，气氛马上活跃起来！

“约拿旦，”他们喊叫着，“约拿旦来了！”

饭店老板——这是一个高大的、长着红花脸的英俊汉子——他喊起来，所以每个角落都能听到。

“约拿旦来了，不，狮心兄弟来了！两个！”

他走过来，把我放到桌子上，以便大家都能看到我，我站在那里，觉得脸上直发烧。

这时候约拿旦说：

“这是我可爱的弟弟卡尔·狮心，他终于来了！希望大家多关照，就像你们大家过去关照我一样。”

“说得对，你放心吧。”饭店老板一边说一边把我抱下来。不过在他放开我之前，他拥抱了我一下，我感到他真有劲儿。

“我俩，”他说，“我们一定能够变成像约拿旦和我一样的好朋友。我叫尤西。不过人们总叫我金鸡。金鸡——他，你只要愿意，什么时候都可以找他，不要忘记这一点，卡尔·狮心。”

索菲娅也坐在一张桌子旁边，可是非常孤单，约拿旦和我在她身边坐下。我觉得她对此很高兴。她友善地微笑着，问我喜欢不喜欢我的马，还问约拿旦能不能抽出一天时间到她的花园里去帮忙。但是后来她就一声不响地坐在那里，这时候我注意到，她在为什么事情忧愁，我还发现一些其他的情况。坐在大厅里的所有的人差不多都向索菲娅投以某种问候的目光，而每一位站起来要回家的人，总是首先向我们这张桌子点一点头，好像她有某种特殊之处，我不知道为什么。她坐在那里，身着简朴的衣服，头上戴着头巾，经常劳动的一双棕色的手放在膝盖上，跟一位普通的农妇一样。究竟她有什么特殊呢？我思索着这个问题。

我在饭店里过得很愉快。我们唱了很多歌，有一些歌我过去会唱，有一些我根本没听说过，看来大家都很愉快。不过他们真的愉快吗？有时候我觉得他们好像有心病，像索菲娅一

样。他们不时地想起什么愁事，他们很担心。可是约拿旦曾经说过，樱桃谷的生活清闲、简朴，他们有什么可担心的呢？不管怎么说吧，他们有时候还是很高兴，唱歌、欢笑，大家都是朋友，看起来彼此都很友爱。不过我认为他们最喜欢约拿旦，就像我们住在城里时一样，大家都喜欢他。还有索菲娅，我觉得大家也喜欢她。

然而随后出现了一件事，我们要回家了，约拿旦和我到院子里去解我们的马，我这样问：

“约拿旦，索菲娅到底有什么特殊呢？”

这时候我们听到我们身边有一个人用很愤怒的声音说：

“对，问得好！索菲娅有什么特殊呢？我已经想了很久！”

院子里很暗，我看不清讲话的是谁。不过他大步走到从窗子透出的灯光里时，我认出了这个汉子，在饭店里他坐在我们旁边，他长着红色的卷曲头发和有一点儿红色的络腮胡子。我已经注意到他，因为他一直愤愤不平地坐在那里，一句歌儿也没唱。

“那个人是谁?”我们走出大门以后我问约拿旦。

“他叫胡伯特，”约拿旦说，“他知道得很清楚，索菲娅有什么特殊。”

随后我们骑马回家。这是一个寒星明亮的夜晚，我过去从来没有看见过这么多明亮的星星。我竭力猜想哪一颗是土星。

这时候约拿旦说：“土星啊，它在宇宙间很远很远的地方运行，从这里你是看不到的。”

我觉得这真有点儿让人伤心。

第五节

不过这一天来了，我得以了解索菲娅的特殊之处。

一天早晨约拿旦说：

“今天我们要到白鸽皇后那里去一趟。”

“真够好听的，”我说，“是一个什么样的皇后？”

“索菲娅，”约拿旦说，“我跟她开玩笑时才称她为白鸽皇后。”

我很快就会知道为什么。

到索菲娅住的托里巴庄园要走很长一段路。她的房子位于群山环抱的樱桃谷的边上，紧靠山梁。

我们清晨骑马赶到那里，她正站在外面喂鸽子。她的所有鸽子都是雪白的！当我看到这些鸽子的时候，我马上想起了曾经落在我窗台上的那只白鸽子，离现在大概有一千年了。

“你记得吗？”我小声问约拿旦，“当你去看我时，是不是其中一只借给你羽毛衣服？”

“当然，”约拿旦说，“不记得这件事还能记住别的什么？只有索菲娅的鸽子才能飞越天涯海角。”

鸽子在索菲娅四周飞翔，就像一片片白云，而她平静地站在拍打着翅膀的鸽子中间。我想她看起来真像一位白鸽皇后。

直到这时她才看见我们。她像平常那样友善地问候我们，但是不高兴，准确地说她很伤心。她立即低声对约拿旦说：

“我昨天晚上找到了维尤兰达的尸体，胸口中了一箭，在

野狼涧上空。信件丢失。”

约拿旦的眼睛变得暗淡了。我从来没有看到过他这个样子，没有看到过他这样痛苦。我几乎认不出他，也辨别不出他的声音。

“我已经确信无疑，”他说，“我们在樱桃谷出了一个叛徒。”

“对，我们中间肯定出了叛徒，”索菲娅说，“我过去不相信。但是我现在明白了，一定是这样。”

我看得出她是多么悲伤，不过她还是对我说：

“过来，卡尔，不管怎么样你还是看看我的庄园吧。”

她一个人住在托里巴庄园里，养育鸽子、蜜蜂和山羊，花园里长满了花，连人都走不过去。

在索菲娅领着我们四处看的时候，约拿旦开始翻地、锄草，人们在春天做这些事情。

我看了庄园里的一切，索菲娅的很多蜂房、郁金香、水仙花和令人感到新奇的山羊，但是我的心里一直想着那个维尤兰达，在群山的上空被射死的是谁呢？

我们很快回到约拿旦身旁，他趴在地上正在锄草，两手沾满黑泥。

索菲娅心疼地看着他，并说：

“喂，我的小花匠，我想你该干点儿别的事了。”

“我知道。”约拿旦说。

可怜的索菲娅，她肯定很不安，但是她抑制着自己。她派人到山里侦察，看样子坐卧不安，连我都不安宁了。她想侦察什么？她在等谁？

这一切我很快就会知道。恰好在这个时候，索菲娅说：

“她来了！上帝保佑，帕鲁玛在那儿!”

一只她养的鸽子朝我们飞来。起初它仅仅是群山上空的一个小黑点儿，但是很快它就到了我们身旁，落在索菲娅的肩膀上。

“过来，约拿旦。”索菲娅忙说。

“好，可是斯科尔班呢——我指卡尔，”约拿旦说，“他一定要了解这一切吗？”

“当然，”索菲娅说，“快一点儿，你俩都过来!”

索菲娅带着肩上的鸽子先于我们跑进房子里。她把我们领进靠近厨房的一间小屋子，拉上门，关好窗子的护板。她不愿让任何人听到或者看到我们做的事情。

“帕鲁玛，我的好鸽子，”索菲娅说，“你今天有比上次好的消息带给我吧？”

她把手伸到鸽子翅膀底下，掏出一个小容器。她从里边拿出一个纸团，跟上次我看见约拿旦从篮子拿出来后藏进我们家箱子里的纸团一样。

“快念，”约拿旦说，“快，快！”

索菲娅念纸上的字，这时候她低低地叫了一声。

“他们把奥尔瓦也抓去了，”她说，“现在那里确实已经没有谁能做些事情了。”

她把纸条递给约拿旦，他读过纸条以后，两眼变得更加暗淡无光。

“樱桃谷出了叛徒，”他说，“你觉得谁可能这么坏呢？”

“我不知道，”索菲娅说，“现在还不知道。不过当我知道的时候，上帝会拯救他，不管他是谁。”

我坐在那里听着，什么也不懂。

“你可以把情况告诉卡尔。我趁这个时间给你们做点早餐。”

约拿旦坐在地板上，背靠着墙。他默默地坐在那里，看着沾满泥土的手指，但是他最后说：

“好吧，现在你可以听了，索菲娅发了话我才能讲。”

在我来这里前前后后他讲了很多关于南极亚拉的情况，但是没有一件与我在索菲娅屋子里听到的事情相同。

“你要记住我说的话，”他开始讲，“樱桃谷的生活清闲、简朴。过去是这样，将来也可能还会这样，但是现在已经不是这样了。因为当另一条山谷的生活变得沉重、艰难的时候，樱桃谷的生活也会艰难起来，这一点你要明白。”

“还有一条山谷?”我问，这时候约拿旦告诉我，在南极亚拉的群山中有两条绿色的美丽山谷——樱桃谷和蔷薇谷，这两条深谷的四周有高耸、险峻的群山环抱，约拿旦说，如果人们不熟悉条条危险的羊肠小路，很难逾越那些高山。但是山谷里的人了如指掌，能够自如地穿越。

“或者更确切地说，他们过去能够，”约拿旦说，“现在却没有人能离开蔷薇谷，也没有人能进去。除了索菲娅的鸽子谁也不能。”

“为什么呢?”我问。

“因为蔷薇谷已经不再是一个自由的国度，”约拿旦说，“这条山谷已经落入敌人之手。”

他看着我，好像为使我感到害怕而内疚。

“没有人知道樱桃谷会怎么样。”他说。

现在我害怕了。我曾经在这里悠然地散步，我不相信在南极亚拉会有什么危险，但是现在我确实感到害怕了。

“这个敌人是谁?”我问。

“他叫滕格尔。”约拿旦说。他说的时候，使人觉得这个名字令人厌恶和危险。

“滕格尔是哪儿来的?”我问。

这时候约拿旦向我讲起了卡曼亚卡，这是一个位于盘古河的河对岸、盘古山的群山中的国家，滕格尔是那里的统治者，狠如蛇蝎。

我听了更害怕了，不过我不想表现出来。

“他为什么不待在自己的盘古山里？”我问，“他为什么一定要来南极亚拉祸害人？”

“啊，你呀，”约拿旦说，“能回答这个问题的人，他肯定能回答，我不知道他为什么要毁掉现有的一切，情况就是这样。他觉得山谷里的人不配这样生活，他需要奴隶。”

然后他又不说话了，两只眼睛盯着自己的手，但是他嘟囔着什么，我听到了。

“他还有卡特拉那个牛鬼蛇神！”

卡特拉！我不知道为什么我觉得这个名字比他说出的任何其他东西都令人更加感到厌恶，我问他：

“谁是卡特拉？”

但是约拿旦摇起头来。

“不说了，斯科尔班，我知道你已经感到害怕了。我不愿意提起卡特拉，不然你夜里要失眠了。”

他转换话题，向我讲述了索菲娅的特殊之处。

“她正在领导我们反对滕格尔的斗争，”约拿旦说，“我们和他斗争，你知道吧，以便支援蔷薇谷，不过我们必须秘密进行。”

“可是索菲娅，”我说，“为什么正好是她？”

“因为她坚强、能干，”约拿旦说，“还因为她无所畏惧。”

“畏惧，你不是也不畏惧吗，约拿旦？”我说。这时候他思索了一下，然后说：

“对，我也不畏惧。”

啊，我多么渴望我也能像索菲娅和约拿旦那样勇敢！但是我却坐在那里，吓得连想也不敢想。

“索菲娅的事和她的鸽子带着秘密信件飞过高山，是不是所有的人都知道？”我问。

“只有我们绝对信任的人知道，”约拿旦说，“但是在他们中间出了一个叛徒，而一个就足够坏事了！”

这时候他的眼睛又暗淡了，他忧郁地说：“维尤兰达昨天晚上被射死时，它带着索菲娅一封密信。如果这封信落入滕格尔手里，蔷薇谷就会有很多人丧命。”

有人竟然射死飞在空中的一只洁白、无辜的鸽子，我觉得太卑鄙了，尽管它带着一封密信。

我突然想起我们家箱子里的东西。我问约拿旦，我们为什么把密信藏在厨房的箱子里，难道不危险吗？

“当然，是危险，”约拿旦说，“不过放在索菲娅家里更危险。如果滕格尔的密探到了樱桃谷，他们首先会到她家里寻找，而不会到她的花匠家里寻找。”

约拿旦说得真不错，只有索菲娅知道他的为人。他不仅仅是她的花匠，而且是她反滕格尔斗争中最亲密的人。

“索菲娅自己作的这个决定，”他说，“她不想让樱桃谷的任何人知道，因此你也要发誓保密，直到索菲娅公开这件事那天为止。”

我发誓宁死也不泄露我听到的事情。

我们在索菲娅那里吃了早饭，然后骑马回家。

这天早晨还有一个人在外边骑马，我们刚刚离开托里巴庄园，就在路上碰到了一个人。他长着红络腮胡子，他叫什么名字——胡伯特？

“好啊，你们去了索菲娅家。”胡伯特说，“到那里干什么去了？”

“给她的花园锄草，”约拿旦说，并且举起了沾满泥土的手指，“而你，你在外边打猎吧？”他问，因为胡伯特马鞍的前鞒上挂着弓箭。

“对，我想打几只野兔。”胡伯特说。

我立即想起了我们家的小白兔，当胡伯特骑着马走开的时候，我高兴极了，因为我不愿意多看他。

“胡伯特，”我对约拿旦说，“你觉得他到底怎么样？”

约拿旦想了一下。

“他是全樱桃谷的最佳射手。”

别的方面他没有讲。然后我们扬鞭催马，继续赶路。

约拿旦带着帕鲁玛捎来的信，他先把信装进一个小皮口袋里，然后放到衬衣里，到了家以后，他把信藏到箱子里的秘密盒子里去。不过我先读了信的内容，上边是这样写的：

奥尔瓦昨天被抓，囚禁在卡特拉山洞。樱桃谷肯定有人供出他的隐藏处。你们那里出了叛徒，务必迅速查出！

信里还有其他内容，用暗语写的，我也不知道是什么意思，约拿旦说我不需要知道。索菲娅一定要调查清楚的就是这些内容。

但是他教我怎么样才能打开秘密盒子。我试着开了几次，关了几次。然后我自己关上盒子，锁上箱子，把钥匙重新放到罐子里去。

我一整天都在想我听到的事情，夜里睡得很不好。我梦见滕格尔、死去的鸽子和卡特拉山洞里被囚禁的人，我被自己的尖叫声惊醒。

这时候——信不信由你——这时候我看见一个人站在漆黑的墙角的箱子旁边，当我尖叫的时候，那个人害怕了，像一道黑影从房门跑了，我当时还没有完全醒过来。

事情发生得那么突然，我几乎认为这些都是梦。但是当我叫醒约拿旦把事情的经过告诉他时，他不相信我在做梦。

“不，斯科尔班，这不是梦，”他说，“不是什么梦。是叛徒来了！”

第六节

“滕格尔的末日迟早会来!”约拿旦说。

我们躺在河边的青草上，在这样美丽的早晨，人们真不敢相信世界上还有滕格尔和其他坏蛋。一切都是那样平静、和谐。桥下的河水冲击着石块，发出潺潺的水声，这是人们唯一能听到的。我们仰望蓝天，看着一朵朵白云，真是舒服。良辰美景使我们不禁为自己小声唱起来，一切都已经置之度外。

约拿旦又讲起了那个滕格尔！我不愿意提起他，不过还是说：

“滕格尔的末日来临？你说的是什么意思?”

“对他和世界上的所有暴君来说，迟早都会完蛋，”约拿旦说，“他会像一只臭虫那样被消灭，永远不会再来。”

“我希望这一天快一点儿来。”我说。

这时候约拿旦又嘟囔一句。

“不过滕格尔很强壮。他手下还有卡特拉!”

他又提起了那个可怕的名字。本来我想问一问情况，但是我没有开口。在一个这样美丽的早晨，还是不知道卡特拉的情况为好。

但是后来约拿旦讲了比什么都可怕的事情。

“斯科尔班，你将一个人在骑士公馆待一段时间。因为我必须到蔷薇谷去一趟。”

他怎么会说出这样可怕的事情？他怎么能相信没有他我能在骑士公馆待一分钟呢？如果他也想到滕格尔那里直接送死，我也想一块儿去，我把这话说给他听。

这时候他奇怪地看着我，然后他说：

“斯科尔班，我有一个唯一的弟弟需要我保护，使他不受任何侵犯。当别的方面需要我尽力时，你怎么能要求我带着你呢？这确实有危险。”

说什么对他都无济于事。我又伤心又生气，使劲儿跟他吵：

“你，你怎么能要求我一个人待在骑士公馆等你？说不定你永远回不来了！”

我突然想起约拿旦离开人世的那段时间我是怎么度过的。我一个人躺在厨房的沙发上，确实不知道我还能不能再见到他。啊，想到这一点时，就像看无底的深渊！

现在他又要离开我，仅仅为了去冒我毫无所知的危险。如

果他回不来，这次就没有人帮助我了，我将永远孤身一人。

我感到越来越愤怒，吵闹的嗓门越来越高，我把能想出来的很多难听的话都说了。

他要使我平静下来可真不容易，不过最后我还是像他希望的那样平静下来，相当的平静吧。我当然知道他什么事情都比我明白。

“你这个笨蛋，我肯定会回来。”他说。这是当天的晚上，我们坐在厨房的火炉旁边烤火。第二天他就将起程。

我已经不再生气，只是伤心，约拿旦知道。他对我非常好，给我涂着黄油和蜂蜜的新烤的面包吃，给我讲童话故事，但是我没有心思听。我想着滕格尔的故事，我认为他的故事是所有故事中最残酷的一个。我问约拿旦，他为什么一定要去做危险的事情？他可能也愿意坐在骑士公馆的火炉旁边，享受享受。但是约拿旦说，有些事情他一定要去做，尽管有危险。

“为什么呢？”我问。

“否则我就不是一个真正的人，而是一个庸夫俗子。”约拿旦说。

他还告诉我他想做什么，他要把奥尔瓦从卡特拉山洞救出来。约拿旦说，因为奥尔瓦甚至比索菲娅还重要，没有奥尔瓦南极亚拉的绿色山谷就将不复存在。

天已经很晚了。炉子里的火苗熄灭了，黑夜来临。

天亮了。我站在门口，看着约拿旦骑马上路，看着他消失在雾中。啊，这一天早晨大雾笼罩着樱桃谷。请相信我吧，当我站在那里看着大雾怎么样吞没他和他怎么样消失的时候，我的心都碎了。我孤单地留下了，实在难以忍受。我悲伤得发疯了，我跑到马厩，拉出福亚拉尔，跳到马鞍上，赶紧去追约拿旦。在我永远失去他之前，我必须再看他一次。

我知道他会先去托里巴庄园，接受索菲娅的命令，我骑马到那里去。我像疯子一样骑马赶路，在庄园旁边我正好赶上他。这时候我感到很害羞，我真想藏起来，但是他已经看到我，听到了我的声音。

“你想做什么?”他说。

是啊，我究竟想做什么呢?

“你肯定能回来吗?”我小声说。这是我唯一能找到的话。

这时候他把马骑到我身边，我们的马并肩静静地站着。他擦掉我脸颊上的东西，眼泪或者别的什么东西，他是用食指擦的，然后他说：

“不要哭，斯科尔班！我们会重逢—— 一定能！如果不是在这儿，那就是在南极里马。”

“南极里马，”我说，“南极里马是什么?”

“下次我再告诉你。”约拿旦说。

我现在也不明白，当我一个人在骑士公馆的时候，我是怎么忍受那段时间的，我是怎么打发日子的。不用说我要照料我的动物，我几乎总是待在马厩里的福亚拉尔身边，我长时间地坐着和我的小白兔说话。我钓一点儿鱼，游一游泳，练习射箭，但是当约拿旦不在我身边的时候，我干什么都显得很笨拙。索菲娅不时地给我送些吃的东西，我们也提起约拿旦。我总是希望她能说出“他很快就要回家了”，可是她一直没说。我还想问她，为什么她自己不去救奥尔瓦而派约拿旦去。但是我已经知道原因，为什么还要问呢？

约拿旦向我解释过，滕格尔恨索菲娅。

“樱桃谷的索菲娅，蔷薇谷的奥尔瓦，他俩是他最大的敌人，你应该相信他是知道的。”当约拿旦告诉我原因的时候，他这样说。

“奥尔瓦已经被他囚禁在卡特拉山洞，他当然愿意把索菲娅也折磨致死。这个坏蛋已经悬赏，谁要是杀死或活捉住索菲娅，他就给谁十五匹马。”

这是约拿旦告诉我的。所以我当然知道为什么索菲娅一定要远离蔷薇谷，而约拿旦一定要去那里。对约拿旦，滕格尔不了解，起码人们希望如此。尽管大概已经有人知道，约拿旦不仅仅是一个小花匠。知内情的人就是夜里窜到我们家去的那个人。我在箱子旁边已经看见他，索菲娅不能不对他表示不安。

“那个人对情况太熟悉了。”她说。

如果再有人窜到骑士公馆偷看情况，她希望我能尽快告诉她。我说有人再来打箱子的主意已经无利可图，因为我们早把秘密文件转移到新的地点。现在我们把它们放在马具室的燕麦箱子里，在一个很大的鼻烟盒里，上面都是燕麦。

索菲娅跟我一起走进马具室，挖出鼻烟盒，把一封新的信放进去。她认为这是一个很好的隐藏地点，我也有同感。

“尽力坚持吧，”索菲娅走的时候说，“我知道很困难，但是你必须这样做！”

无疑很困难，特别是晚上和夜里。我经常做关于约拿旦的噩梦，我醒来的时候又无时无刻不思念他。

一天晚上我骑马到金鸡饭店去。仅仅待在骑士公馆我已经无法忍受，那里是那样静，我的思想任意驰骋，而它们却不能使我高兴。

当我在没有约拿旦陪伴的情况下走进饭店的时候，我敢保证他们大家一齐盯着我。

“怎么回事？”尤西问，“狮心兄弟只来了一半！你把约拿旦弄到哪儿去了？”

这使我很难回答。我清楚地记得索菲娅和约拿旦的嘱咐，不管出现什么情况，我都不得向任何人讲约拿旦的任务和行踪。不能向任何带气儿的家伙讲！所以我装作没听见尤西的问题。但是胡伯特坐在桌子旁边，他也想知道。

“对呀，约拿旦呢?”他说，“不会是索菲娅赶跑了自己的花匠吧?”

“约拿旦外出打猎去了，”我说，“他在山里打狼。”

我一定要说点儿什么，我自己觉得编得还不错，因为约拿旦说过山里的什么地方有很多狼。

这天晚上索菲娅不在饭店里，但是村里其他人像往常一样都来了。他们唱着民歌，跟平时一样快乐。但是我没有唱，对我来说与往常不同。没有约拿旦我在那里很不适应，我待的时间不长。

“别显得太伤心，卡尔·狮心，”当我走的时候尤西说，“约拿旦打完猎很快就会回家。”

啊，我多么喜欢听他这样说啊！他还抚摩我的脸颊，给了我几块好吃的饼干让我带回家。

“当你坐在家里等约拿旦的时候，就慢慢地嚼这些饼干。”他说。

他真好，金鸡。他的这些话好像减轻了我的孤单。

我带着饼干骑马回家，然后坐在炉子旁边吃。春天很温暖，差不多像夏天，但是我还得生着我们的大炉子，因为太阳的温暖透不过我们房子的厚墙。

当我钻进折叠床上的被窝里时，我觉得有些冷，不过我很快就睡着了。我梦见了约拿旦。这是一个噩梦，我被吓醒了。

“好，约拿旦，”我喊叫着，“我来了。”我一边喊叫一边从床上站起来。我的四周被黑暗包围，好像有一种约拿旦疯狂的喊声的回声！他在梦中呼唤我，他希望得到帮助，这一点我知道。我再次听到了他的叫声，我想直接冲到黑暗中去靠近他，不管他在哪里。但是我很快就明白了，这是不可能的，没有人像我这样无能为力，我能做什么呢！我只得重新爬进被窝里，我躺在那里发抖，我感到茫然、渺小、害怕和孤单，我觉得我是世界上最孤单的人。

早晨来临了也无助于改变我的心情，这是明亮、晴朗的一天。当然准确地记住梦是怎么样可怕相当不容易，但是约拿旦曾经呼救，这是不会忘的。我的哥哥呼唤我，难道我不应该起程去寻找他？

我在我的家兔旁边一连坐了几个小时，考虑我将怎么办。我没有一个人可以交谈，可以商量。我必须自己决定。我不能去找索菲娅，她会阻止我去。她永远也不会放我走，她倒不愚蠢，我想我要做的事情可能愚蠢吧？同时也危险，比什么都危险。而我一点儿也不勇敢。

我不知道我靠在马厩外边的墙上坐了多久，我用手拔着草。我周围的每一棵草都被我拔掉了，不过我后来才发现，而不是当我坐在那里受折磨时发现的。时间一小时一小时地过去，如果不是我突然想起约拿旦说的那些话，我可能还坐在那里。他说，有的时候危险的事情也必须去做，否则就不是一个真正的人，而是一个庸夫俗子！

这时候我下了决心。我用拳头捶着兔笼子，吓得小兔乱蹦，为了表示坚定我高声说：

“我要去！我要去！我不是庸夫俗子！”

啊，决心下定以后我的感觉好多了！

“我知道这是正确的。”我对家兔说，因为除了家兔我没有对象可以讲话。

家兔，啊，它们现在就要变成野兔了。我把它们从笼子里放出来，然后把它们抱到门口，把它们赶向碧绿、美丽的樱桃谷。

“整个山谷长满了青草，”我说，“那里有大群的兔子，你们可以与它们为伴。我相信你们在那里比在笼子里生活得更愉快，不过你们要小心狐狸和胡伯特。”

三只家兔开始显得茫然不知所措，它们跳了几小步，好像怀疑这是不是真的。但是随后它们越跑越快，一溜烟似的消失在绿色的山冈上。

我抓紧时间作准备。我把要带的东西收拾在一起。一条我困了睡觉时用的毯子，生火时用的打火机，给福亚拉尔准备了满满一袋子燕麦，为自己准备了一袋子食品，啊，里边除了面包什么也没有，不过是最好的面包——索菲娅做的带孔的糕

饼。她给我带来一大堆，我装了满满一袋子。我想这下子够我吃很长时间，吃完的时候，我可以像兔子那样吃草。

索菲娅答应第二天送汤来，但是那时候我已经远走高飞了，她只得自己吃了！不过我不能让她怀疑我已经走了。就算她能知道也已经晚了，来不及阻止我了。

我从炉子里掏出一块炭，在厨房的墙上用黑体的大写字母写上：

有人在梦中呼唤我，我要到天涯海角把他寻。

我写得有点儿奇怪，因为我想，如果不是索菲娅到骑士公馆来，而是其他人来这里察看，他肯定不知道是什么意思。他可能认为我胡诌了一首诗或者别的什么。但是索菲娅会立即明白：我离家外出，去寻找约拿旦！

我很高兴，我感到无论如何这一次要表现得勇敢、坚强。我为自己唱了起来：

“有人在梦中呼唤我，我要到天涯海角把他……他寻。”啊，好听极了！我想，当我见到约拿旦的时候，我将把这一切讲给他听。

后来我想，如果我能见到他就好了。但是如果不能……

这时候我的勇气一下子就全没了，我变成了庸夫俗子。我永远是一个胆小鬼，我又像往常那样想念起福亚拉尔。当我伤心难过的时候，它是唯一能给我一点儿帮助的。有多少次当我不堪寂寞的时候，我就站在它的马槽旁边！有多少次当我得不到安慰时，我就看着它聪明的眼睛，感受到它是热情的，它的鼻子那么光滑。当约拿旦不在家的时候，没有福亚拉尔我简直不能活。

我朝马厩跑去。

福亚拉尔不是单独在马槽旁边，胡伯特站在那里。啊，他站在那里，用手抚摩我的马。当他看见我的时候，露出了狡黠

的笑容。

我的心咚咚跳起来。

我想，他就是那个叛徒。我相信我早就察觉到了，现在我更肯定了。胡伯特就是那个叛徒，不然他为什么来骑士公馆察看呢？

“那个人知道很多情况。”索菲娅说过。对，胡伯特就是那个人，我现在明白了。

他知道多少情况？他什么都知道？他也知道我们藏在燕麦箱子里的东西？我竭力不表现出我害怕了。

“你在这里做什么？”我尽量把口气说得强硬一些，“你想打福亚拉尔什么主意？”

“没有，”胡伯特说，“我要去找你，但是我听到你的马在叫，我喜欢马。福亚拉尔是一匹好马！”

我想，你别骗我了，我问：

“那么你找我想做什么？”

“给你这个，”胡伯特一边说一边递给我一个用一块白布裹着的东西，“你昨天晚上显得沮丧，一定饥肠辘辘，我想约拿旦在外边打猎时骑士公馆可能没有吃的东西了。”

我这个时候真不知道该说什么或者该做什么。我从嘴里挤出谢谢两个字，但是我不能接受叛徒的东西！或者我能接受？

我打开布包，看见一大块羊肉，熏得非常好，俗称绵羊火腿肉。

真是香极了，我恨不得马上咬几口，但是我本应该让胡伯特拿着他的羊肉滚蛋，越远越好。

不过我没这样做，对付叛徒是索菲娅的事。我，我必须装作什么都不知道，什么都不明白。此外我也真想吃这块绵羊火腿肉，没有什么东西比这块肉更适合装到我的食品袋里了。

胡伯特站在福亚拉尔身旁。

“你确实是一匹好马，”他说，“跟我的布伦达差不多一样好。”

“布伦达是白色的，”我说，“你喜欢白马？”

“对，我非常非常喜欢白马。”胡伯特说。

我想，你大概还想得十五匹马的悬赏呢，但是我没有说出来。相反，胡伯特说出了非常让人害怕的事情。

“我们能给福亚拉尔一点儿燕麦吃吗？它大概也想吃些好东西吧？”

我无法阻止他。他径直走进马具室，我赶紧追过去。我想喊“别动”，但是一个字也说不出来。

胡伯特打开燕麦箱子的盖儿，拿起上面的勺子。我闭上了眼睛，因为我不想看见他怎么样把鼻烟盒翻出来。但是我听到他骂了一声，当我睁开眼睛的时候，我看见一只小老鼠箭一样地从箱子沿上跑过来。胡伯特想踢它，但是它一溜烟地跑过地

板，钻进一个秘密的洞里去了。

“老鼠咬了我的拇指，这个流氓。”胡伯特说。他站在那里看自己的拇指。我趁这个机会，很快地装了一勺燕麦，然后在胡伯特的鼻子底下盖上箱子盖儿。

“福亚拉尔这下子该高兴了，”我说，“它不习惯这个时间吃燕麦。”

当胡伯特直愣愣地向我告别并匆忙地走出马厩大门的时候，我暗想，你得到了不大不小的愉快。

这次他没有把爪子伸到这几封密信里，但是我有必要找一个新的隐藏地点。我想了很久，最后我把鼻烟盒埋进土豆窖里去了，土豆窖在门的左边。

然后我在厨房的墙上为索菲娅写了一首新谜语：

红胡子想要白马，知道很多情况。你要小心！

更多的事情我无法帮索菲娅去做。

第二天黎明，樱桃谷的人还没有一个起床，我就离开了骑士公馆，奔向群山。

第七节

当我在山里长途跋涉时，我把我的感受告诉福亚拉尔。

“你能明白吗，对我来说这是一次多么有意义的历险？请记住我差不多一直躺在厨房的一个沙发上！你要相信我连一分钟也没有忘记约拿旦。但是除此之外我将大声喊叫，在山里喊叫的声音也清脆，就是因为这里的景色太美了！”

啊，太美了，约拿旦会知道我喜欢美景。多么雄伟的山峰，想想看，有那么多高山，有那么多清澈的小湖、令人陶醉的河流和瀑布，山里的草地上布满春花！而我——斯科尔班，骑在马上，一饱眼福！我不知道世界上还有这样的美景，因此我完全陶醉了—— 一下子！

但是好景不长。我找到一条骑马的小路，可能就是约拿旦说的那条。他说沿着山上那条崎岖小路可以到蔷薇谷。崎岖不平，一点儿不错。我很快离开了繁茂的林间草地，山变得越来越荒凉可怕，路越走越危险。有时候上山，有时候下坡，还有的时候沿着万丈深渊的峭壁爬行，这时候我想永远也不会有什么好路可走了！但是福亚拉尔很习惯在危险的山路上行走，啊，它真是好样的，福亚拉尔！

傍晚我和我的马都累了。我安营扎寨，准备过夜。地点是一小块绿色的草地，福亚拉尔可以在那里吃草，附近有一条小河，我俩都可以在那里喝水。

而后我生起一堆篝火。我一生都盼望着能坐在篝火旁边，因为约拿旦说过，坐在篝火旁边是多么舒服，现在愿望总算实现了！

“现在，斯科尔班，你总算可以感受一下是什么滋味了。”我对自己高声说。

我捡来一大堆干树枝，燃起熊熊的篝火，火苗噼里啪啦地响着，火星四溅。我坐在火堆旁，感到和约拿旦说的一模一样。我坐在那里，看着火苗，吃着面包，嚼着绵羊火腿肉，我感到完全和说的那么舒服。羊肉太好吃了，我只是希望是别的人给我的，而不是胡伯特。

我太高兴了，我在孤独中给自己小声唱歌。“我的面包，我的篝火，我的马！我的面包，我的篝火，我的马！”——别的我实在编不出来。

我长时间这样坐着，想着开天辟地以来整个世界野外大地上的所有燃烧的篝火，它们很早以前就熄灭了，但是我的篝火

正在这里熊熊燃烧!

夜幕在我周围降临。群山变成了黑色，啊，变得那么黑，黑得那么快！我不喜欢背对着一切黑暗。好像有人会从后边抓住我。此外也该睡觉了，我加了木柴以后把火封起来，跟福亚拉尔说了声晚安，然后在紧靠着火堆的地方用毯子把自己裹起来。我仅仅希望我能马上睡着，别有东西惊吓我。

啊，想得多美！我把自己吓得心神不定。我知道没有任何人能像我自己那样迅速地吓坏我。各种想法开始在我的头脑里打转—— 一定有几个人在黑暗中监视我，一定有很多滕格尔的侦探和士兵在这些山里出没，约拿旦一定早死了，这些想法折磨着我，使我难以入睡。

恰巧在这个时候，月亮从一座山头背后升起，啊，我相信这大概不是平常的那个月亮，但是样子很相似，它发出的那种光我从来没见过。不过我也从来没有见过月光照在高山上。

一切都显得很奇特，我置身于只有银色和黑影构成的奇特世界里。美当然美，但是美得有些忧伤、奇怪，还令人毛骨悚然。月光当然是明亮的，但是黑影中可能藏着很多危险。

我用毯子挡住眼睛，因为我现在不想再看什么。但是这时候我听到了，啊，这时候我听到了什么！远处山里的叫声。后来几个声音逐渐靠近我。福亚拉尔害怕了，它叫了起来。这时候我明白了是什么声音，是狼叫。

像我这样胆小的人差点儿被吓死，但是当我看见福亚拉尔是如何惊恐的时候，我竭力使自己振作起来。

“福亚拉尔，狼是怕火的，这一点你不知道。”我说。但是连我自己也不知道是真是假，狼当然也从来没有听说过。因为我已经看见它们，它们越来越近，长着灰毛，样子很可怕，在月光下偷偷地走来，饿得嗷嗷乱叫。

这时候我也叫起来，我冲着天空叫喊。我从来没有发出过这样的尖叫，它们当然有点儿害怕。

但是时间不长，很快我又见到了它们，比刚才还近。它们的叫声使福亚拉尔发了疯，我也如此，我知道我和福亚拉尔都将丧命。我应该视死如归，因为我已经死过一次了。但是当时是我愿意，当时我盼望着死去，而现在我不愿意死。现在我愿意活，和约拿旦在一起，啊，约拿旦，如果你能来救我该多好啊！

狼现在离我很近，其中一只比别的都大，也更凶残。它大概是领头狼。是它将把我咬死，我已经注意到了。它围着我转，并且发出嗷嗷的叫声，那叫声吓得我心惊肉跳。我向它扔过去一个燃烧的树枝，并高声喊叫，但是这只能使它发怒。我看到了它的大嘴和想要咬断我脖子的锋利犬牙。这时候——约拿旦，快救命！——这时候它蹿了过来。

但是后来！天啊，后来怎么样了？正当它蹿过来的时候，发出了一声尖叫，然后倒在我的双脚下边。死了！一点儿气也没有了！一支箭直接射进了它的脑袋。

哪个弓射出的这支箭？是谁救了我的命？从一个峭壁的阴影里走出一个人。不是别人，是胡伯特！他站在那里，像往常一样，他看起来有点儿不愉快，不过我还是想跑过去拥抱他，我很高兴看到他，但仅仅想了想，仅此而已。

“我来得不早也不晚。”他说。

“对，你来得确实合适。”我说。

“你为什么不待在骑士公馆？”他说，“三更半夜来这里做什么？”

“而你自己呢？”我想，因为我现在想起来他是谁了。今夜发生在山里的救助是多么虚伪的背叛！啊，为什么救我的偏偏是个叛徒？为什么我要感谢的恰好是胡伯特，不仅是为了绵羊火腿肉，而是整个宝贵的生命！

“你自己深更半夜的做什么呢？”我不高兴地说。

“打狼，你大概注意到了，”胡伯特说，“此外，你早晨出来的时候我看见你了，我当时想到，我要关照一下，免得你出事故，因此我就跟着你。”

“好啊，你就撒谎吧。”我想，“你早晚得面对索菲娅，那时候你就可怜啦。”

“约拿旦在哪里？”胡伯特说，“他如果在外边打狼应该

在这里，也该打了几只了。”

我向四周看了看，狼都跑了，一只也没有了。领头狼被打死以后，其他的狼都会害怕的。它们可能也悲伤了，因为我听见远方的山里有悲哀的叫声。

“喂，约拿旦在哪里?”胡伯特继续追问道。在这种情况下，我也只得撒谎。

“他很快就回来，”我说，“他在那边正追赶一群狼。”我一边说一边用手指了指山那边。

胡伯特狡黠地笑了。看得出，他不相信我说的话。

“不管怎么说吧，你难道不愿意跟我回到樱桃谷的家里去吗?”他说。

“不，我一定要等约拿旦，”我说，“他随时都可能回来。”

“你呀，”胡伯特说，“你呀！”他一边说一边奇怪地看着我。后来——后来他从腰带上抽出一把刀。我吓得叫了一声，他拿刀想做什么？他拿着刀站在月光下，这比山里所有的狼更使我害怕。

他想让我死，这个念头在我脑子里转。他明白我知道他是叛徒，所以他总是跟着我，现在他想杀死我。

我浑身上下都颤抖起来。

“别这样，”我喊叫着，“别这样！”

“别哪样？”胡伯特说。

“别杀死我。”我喊叫着。

这时候胡伯特脸都气白了。他朝我猛冲过来，离我那么近，我差一点儿朝后倒下，我吓坏了。

“你这个小恶棍，你在胡说些什么？”

他揪着我的头发使劲儿摇晃我。

“你这个不知好歹的家伙，”他说，“如果我想看到你死，我完全可以让那只狼去咬死你。”

他把刀举到我的鼻子底下，这是一把非常锋利的刀，我看见了。

“我拿这玩意儿是剥狼皮用的，”他说，“不是用来对付愚蠢的小崽子的。”

我屁股上挨了他一脚，摔了个大马趴。然后他开始剥狼皮，一边剥一边骂人。

我赶紧骑到福亚拉尔背上。因为我想离开那里，啊，我多么想离开那里！

“你要到哪儿去？”胡伯特喊叫起来。

“我想骑马去迎约拿旦。”我说，连我自己都听得出，我的声音显得多么害怕和惊恐。

“随你的便吧，你这个蠢货，”胡伯特喊叫着，“送死去吧，我再也不阻止你啦。”

但是这时候我已经快速离开了那里，胡伯特说什么我也不在乎了。

我眼前的小路在月光下沿着山势蜿蜒向上。月光柔和而明亮，如同白天一样，我什么都看得见，真运气！不然我就丧命了。因为我既要过悬崖峭壁，又要过万丈深渊，多么惊险，多么美丽！真像在梦中骑马漫游，我想只有在美丽、粗犷的梦中才能有月光下的美景，我对福亚拉尔说：

“你相信是谁在做梦？这时候当然不是我。一定有其他的人能把超自然的惊险、美丽都梦到一起，可能是上帝吧？”

但是我又累又困，连马鞍子我也坐不住了，我一定要在什么地方过夜。

“最好在没有狼的地方。”我对福亚拉尔说，我相信它同意我的话。

顺便说一句，是谁最初踏出了南极亚拉山谷之间的这些山中小路呢？是谁想出来到蔷薇谷去要走这条小路？有必要让这条小路蜿蜒在令人毛骨悚然的悬崖峭壁上吗？我知道，只要福亚拉尔一次失蹄，我俩就会一同掉进万丈深渊，从此以后人们永远永远也不知道卡尔·狮心和他的马到哪儿去了。

路越来越难走。最后我连眼也不敢睁开，如果我们掉进深谷，我宁愿什么也不看见。

但是福亚拉尔没有失蹄。它走得不错，当我最终敢于睁开眼看的时候，我们来到一小块草地上——一块很好的绿草地，一边是高耸入云的山，另一边是深谷。

“我们有地方啦，福亚拉尔，”我说，“我们这里会很安全，狼来不了。”

这是真的。没有一只狼可以从山上爬下来，山太高了。也没有一只狼敢从深谷爬上来，峭壁像刀削一样。真有狼要来，它至少也要像我们那样沿着那条讨厌的崎岖小路走过来。不过我坚信，无论多么狡猾的狼，也不会认识这条路。

后来我看到一个确实不错的东西，一条深谷直通山里。人人可以称它是个山洞，大石块构成洞顶。在这个洞里，头上有东西遮天，我们肯定能睡安稳。

在我之前有人曾在这个草地上休息过，那里留下了篝火的灰烬。我也想生一堆篝火，不过我已经没有力气了，现在我只是想睡觉。我拿起缰绳，把福亚拉尔拉进山洞里。这是一个很深的洞，我对福亚拉尔说：

“这里大得够十五匹像你这样的马用。”

它叫了一声，可能是它想念自己的马厩。我请求它原谅，因为我使它受了那么多苦，我给它燕麦吃，用手抚摩它，并再一次向它道了晚安。然后我在山洞的最黑暗的角落里用毯子裹住身体，没有来得及想起一点儿可怕的事情就睡着了，我睡得很实，就像死猪一样。

我不知道睡了多长时间，但是我突然从睡梦中醒来。我听见了声音，我听见山洞外边有马叫。

我不需要再多听了，巨大的恐惧又笼罩了我。谁能知道，在外边讲话的那些人可能比狼更可怕吧？

“把马拉到洞里去，这样我们的地方可以再大一点儿。”我听见一个声音说，紧接着两匹马嘚嘚地走进山洞，离我很近。当它们看见福亚拉尔的时候，它们叫了起来，而福亚拉尔也以叫回应，但是随后它们就安静下来，最后在黑暗中它们成了朋友。外边草地上可能没有一个人知道他们听到的是一匹陌生的马在叫，因为他们仍然平静地互相交谈。

他们为什么要来这里？他们是谁？他们深更半夜地来山里做什么？这些我必须搞清楚。我吓得上牙打下牙，我多么希望离他们十万八千里。但是眼下我在这儿，近在身边就有几个可能是朋友但同样可能是敌人的人，不管我多么害怕也必须了解清楚。我趴在地上，开始朝外边说话的声音爬去。月亮挂在洞口中央，一束月光直射在我藏身的地方，但是我躲在旁边的黑影里，慢慢地、慢慢地接近那些声音。

他们坐在月光下，正在生起一堆篝火，两个人长着粗糙的脸，头上戴着黑盔。我第一次看见滕格尔的侦探和士兵，我知道我看到了什么，绝对不会错！我知道，我这里看到的这两个凶残的人与滕格尔狼狈为奸，妄图毁掉南极亚拉的绿色山谷。

我宁愿让狼吃掉，也不想落入他们之手！

他们互相交谈的声音很低，但是在黑暗中我离他们很近，所以我能听到每一个字。他们肯定在生某人的气，因为其中一个人说：

“如果这次他仍然不能及时赶到，我将割下他的耳朵。”

这时候另一个人说：

“对，要不时地教训教训他。我们在这里一夜一夜地白等，要他有什么用呢？射死信鸽，这当然不错，但是滕格尔的胃口更大。他想把索菲娅捉到卡特拉山洞，如果那家伙做不到，他就吃不了兜着走。”

这时候我明白了，他们说的那个人是谁，他们在等谁——是胡伯特。

“你们耐心点儿，”我想，“等他剥好了狼皮，他就会来，相信我吧！那时候他就会出现在远处的小路上，他还会为你们捉到索菲娅！”

我羞得脸直发烧。我为樱桃谷出了一个叛徒感到羞愧，但是我还是想看见他来，因为那样我就可以得到确凿的证据。单怀疑谁不行，不过现在我将确切知道，以便我能告诉索菲娅：

“那个胡伯特，要把他消灭掉！否则你、我们和整个樱桃谷都会完蛋！”

当人们等待着某种可怕的事情时，等待也会变得可怕！叛徒是可怕的，当我躺在那里时我的内心感受到这一点。我差不多已经不再怕篝火旁边的人，只是怕那件可怕的事——我将很快看到那个叛徒骑着马从沿着峭壁蜿蜒而上的小路上走来。我有些害怕，但是仍然盯着那个方向，眼睛都痛了，我知道他将从那里出现。

火堆旁边的那俩人也盯着相同的方向。他们也知道他要来，但是我们谁也不知道他什么时候来。

我们等待着，他们在篝火旁，我趴在山洞里。月亮已经从山洞口上空移走，但是时间好像仍然一动不动。什么事也没发生，我们只是等待！直等到我想站起来，大声吼叫，从而结束这一切，好像一切都在等待，月亮和周围的群山，整个可怕的月夜屏住呼吸，等待叛徒。

最后他总算来了。一个人在远方的小路上骑着马在明亮的

月光下朝这里走来，啊，现在他果然一点儿不差地在我预料的那个地方出现了。当我看见他的时候，我颤抖起来——“胡伯特，你怎么能做出这种事?”我想。

我的眼睛有些发酸，所以我不得不闭一会儿，或者是因为我懒得看他而闭一会儿。我已经等这个坏蛋好久了，但是当他果真来了的时候，我似乎已经没有力气看他的脸了，所以我闭上了眼睛。我只是听着嘚嘚的马蹄声，知道他靠近了我们。

最后他到了我们跟前，让马停下。这时候我睁开了眼，因为当一个叛徒出卖了自己人的时候，我一定要看看他是一副什么嘴脸，对了，当胡伯特前来出卖樱桃谷和生活在那里的所有的人的时候，我很想看看他。

但是来者不是胡伯特，是尤西！是金鸡！

第八节

尤西！不是别人！

过了好一阵子我才明白过来。尤西，他和蔼、乐观，长着红花脸，曾给我饼干吃，我伤心时曾安慰我——他是叛徒。

现在他坐在火堆旁，离我只有一步之遥，和滕格尔士兵在一起——他们叫维德尔和卡德尔，他在解释，他过去为什么没有来：

“胡伯特今夜在山里打狼，你们知道，他呀，我可得躲着。”

维德尔和卡德尔看样子吃醋了，尤西继续吹牛：

“胡伯特，你们可能没忘记他吧？和索菲娅一样，你们也想把他关进卡特拉山洞，因为他也仇恨滕格尔。”

“既然如此，我觉得你应该有所作为。”维德尔说，“因为你是樱桃谷里我们的人，对不对？”

“当然，当然。”尤西说。

他竭尽献媚之能事，但是维德尔和卡德尔并不喜欢他，这一点很容易看出来。大概没有人喜欢叛徒，尽管他们可以利用他。

耳朵他毕竟保住了，他们没有割。但是他们干了别的，他们在他身上烙下了卡特拉标记。

“所有滕格尔士兵都必须有卡特拉标记，像你这样一个归顺者也必须有。”维德尔说，“如果有不认识你的侦探到樱桃谷去，你就可以用此标记证明你是谁。”

“当然，当然。”尤西说。

他们命令他脱掉大衣和衬衫，用在火堆里烧红的烙铁在他的胸前烫出卡特拉标记。

当他碰上那火红的烙铁时，他痛得大叫。

“痛吗？”卡德尔说，“现在你永远也不会忘记你是我们中的一员，你是叛徒。”

在我度过的所有夜晚中，这是一个最漫长、最痛苦的夜晚，至少到南极亚拉以后是如此。最难受的要算躺在那里，听尤西吹嘘他想出来的毁掉樱桃谷的各种办法。

他说他很快就会抓住索菲娅和胡伯特，两个一齐抓。

“但是做这件事的时候，不能让人知道谁是幕后人。否则我怎么能继续充当你们在樱桃谷的秘密的滕格尔分子？”

“你再也不会是秘密的了，”我想，“因为这里有一个人将要揭露你，让你原形毕露，你这个长着红花脸的坏蛋！”

但是尤西后来又讲了些别的话，那些话使我的心都快撕裂了。

“你们已经抓到了约拿旦·狮心了吗？还是仍然让他在蔷薇谷逍遥法外？”

维德尔和卡德尔很不喜欢这个问题，我看得出来。“我们在追踪他，”维德尔说，“几百人日夜在搜寻他。”

“如果我们把蔷薇谷每一栋房子都翻一遍，我们肯定能找到他，”卡德尔说，“滕格尔等着跟他算账。”

“我明白，”尤西说，“小狮心比其他任何人都危险，我告诉过你们。因为他确实是一头狮子。”

我躺在那里，为约拿旦是这样一头狮子感到自豪。能知道他仍然活着是多么大的安慰！但是当我知道尤西的所作所为时，我气得哭了。他出卖了约拿旦，只有尤西能够绘出约拿旦去蔷薇谷的秘密通道和给滕格尔通风报信。如今几百人日夜搜寻我的哥哥，如果他们能够得逞，就要把他交给滕格尔，这都要赖尤西。

但是他毕竟还活着，真好，他还活着！他也是自由的，为什么他还在梦中呼救呢？我躺在那里思索着，我能否到什么地方打听打听。

不过我从尤西那里还听来很多其他事情。

“那个胡伯特，当我们选举索菲娅为樱桃谷首领时他嫉妒了，”尤西说，“不错，因为胡伯特认为他在各个方面都是最优秀的。”

啊，原来是这么回事！我记得，当他问“索菲娅有什么特殊之处”时，他显得很生气。啊，因为这个原因他才嫉妒，不是因为别的事情。人可能会产生嫉妒，但仍不失为男子汉。但是我一开始曾认为他是樱桃谷的叛徒，后来他说的和做的都使我确信无疑。想想看，人多么容易错怪别人！可怜的胡伯特，他在那里保护我，救了我的命，还给我绵羊火腿肉吃，而我却恩将仇报，对他喊叫：“别杀死我！”我想他大概气死了！“原谅我吧，胡伯特，”我想，“原谅我吧。”我一定要这样对他说，如果我还能见到他的话。

尤西已经振作起来，他坐在那里显得很满意。不过他身上的卡特拉标记有时可能火烧火燎地痛，因为他不时地呻吟，而每一次卡德尔都说：

“你罪有应得！罪有应得！”

我希望我能看看卡特拉标记是什么样儿，尽管我确信它看起来会令人作呕，所以不看也好。

尤西继续吹嘘他做的一切和想要做的一切，同时他这样说：

“狮心有一个小弟弟，他爱他胜过一切。”

这时候我偷偷地哭了，我多么想念约拿旦。

“我们可以把这个可怜的小东西当做引诱索菲娅上钩的食饵。”尤西说。

“你这个猪脑子，为什么你不早点儿说？”卡德尔说，“有他的弟弟在我们手里，我们就能够很快迫使狮心从他隐藏的地方出来。因为不管他躲在什么地方，他肯定能通过秘密渠道得知我们抓住了他的弟弟。”

“这将促使他出来，”维德尔说，“他肯定会说，放了我的弟弟，把我抓进去好了，如果他确实关心自己的弟弟和使他免受伤害的话。”

这时候我已经不能再哭了，因为我太害怕了，但是尤西继续吹嘘和显摆自己。

“这些事情等我回去安排，”他说，“我可以使小卡尔·狮心上圈套，这不困难，用几块饼干就行了。然后骗索菲娅到那里去救他！”

“对你来说索菲娅是不是太机灵了？”卡德尔说，“你觉得你能骗得了她吗？”

“没问题，”尤西说，“她根本不会知道谁在设圈套。因为对我她还是信任的。”

这时候他很得意，所以呱呱地说个没完。

“然后你们就把她和小狮心全抓住，当滕格尔胜利开进樱桃谷时，他要为此奖给我多少匹白马?”

“让我们等着瞧吧，”我想，“好啊，尤西，你快回家把小卡尔·狮心骗进圈套吧！但是如果他已经不在樱桃谷了，那你将怎么办?”

这个想法使我在痛苦中得到一点儿安慰！当尤西得知我已经远走高飞的时候，他会变得多么失望！

但是后来尤西说：

“那个小卡尔·狮心，他的样子很甜，但他确实不是一头狮子。没有比他更容易胆怯的可怜虫。叫他姓兔心更确切!”

对，我自己也知道这一点，我从来没有勇敢过。我不应该像约拿旦那样姓狮心！但是听尤西讲这话毕竟很不是滋味。我感到很羞愧，我想我一定、一定要变得勇敢一点儿。但是现在不行，因为我正在害怕呢。

尤西最后准备走了。他已经没有什么流氓大话要吹了，于是他就这样动身了。

“我一定要在天亮前赶回家。”他说。

最后他们叮嘱他。

“你要抓紧时间干掉索菲娅和那个小家伙。”维德尔说。

“相信我吧，”尤西说，“不过你们不要伤害那个孩子。我还是有点儿喜欢他!”

“谢谢，我已经注意到了。”我想。

“如果你到蔷薇谷送情报，不要忘记口令，”卡德尔说，“如果你想放进来活人的话！”

“一切权力属于滕格尔——我们的解放者，”尤西说，“没问题，我日夜都记得。而滕格尔，他大概也不应该忘记对我的保证，对吗？”

他骑到马鞍上，准备上路。

“尤西——樱桃谷酋长。”他说，“这是滕格尔答应我的，他大概没忘吧？”

“滕格尔什么都忘不了。”卡德尔说。

尤西骑着马走了。他消失在他来的那条路上，维德尔和卡德尔坐在那里目送他。

“那个家伙。”维德尔说，“一旦我们解决了樱桃谷，他就成了卡特拉的囊中物。”

他一说我就明白了，在卡特拉的残暴下他将会怎么样。我对卡特拉了解得很少，但是我仍然颤抖起来，甚至对尤西都可怜了，尽管他是一个坏蛋。

草地上的火已经熄灭。我希望维德尔和卡德尔也能马上走掉。我盼望他们能离去，盼望得头都痛了。我像一只中了圈套的小耗子，盼望着挣脱开。我想，在他们进来拉马之前，我应该把他们的马赶出洞，这样我就太平无事了，维德尔和卡德尔离开这里就不会再问，他们怎么样才能易如反掌就能抓到约拿旦·狮心的小弟弟。

但是这时候我听到卡德尔说：

“我们躺进洞里睡一会儿吧。”

“坏了，这下子完蛋了，”我想，“不过这样也好，我实在支持不住了。让他们抓住我吧，让这一切都结束吧！”

但是维德尔说：

“为什么我们还睡觉？天马上亮了。这些山让我受的罪可够多了。我现在想回蔷薇谷。”

卡德尔同意了。

“照你说的办，”他说，“把马拉出来！”

真正遇到危险时，有时候人们不费吹灰之力就能化险为夷。我朝后躲，像一只小动物那样走进山洞里最黑的角落。我看见维德尔从远处的洞口走进来，但是转眼之间他就进了漆黑的山洞，我再也看不见他，只能听到他的走路声，这就足以把人吓坏。他也看不到我，不过他应该能听到我的心跳声，我趴在那里，心咚咚地跳着，等待着当维德尔找到的是三匹马而不是两匹马时将出现的一切。

维德尔进来时，马叫了几声。三匹马都叫了，也有福亚拉尔。在千万匹马的叫声中我也能听出福亚拉尔的声音。但是维德尔，那个坏蛋，他听不出区别，真运气，他根本没有发现洞里有三匹马。他赶出靠近洞口的两匹马——那是他们的——然后自己也跟了出去。

刚一剩下我和福亚拉尔的时候，我立即跑过去，把手放在它的鼻子上。“最最听话的福亚拉尔，请别出声。”我内心祈祷着，因为我知道，如果它现在叫，他们在外边会听到，马上会露出破绽。福亚拉尔很聪明，它肯定什么都明白。其他的马在外边叫，它们大概想与福亚拉尔告别。但是它静静地站在那里，没有应声作答。

我看见维德尔和卡德尔骑在马鞍上，实在无法描述我感到多么舒服。我很快就会逃出耗子夹，获得自由。我确信无疑。

这时候维德尔说：

“我忘了打火机。”

他从马背上跳下去，在篝火四周寻找。

然后他说：

“这里没有，我可能把它掉在山洞里了。”

哐啷一声耗子夹又把我夹住了，就这样我被套住了。维德尔走进山洞，寻找那个讨厌的打火机，他径直地朝福亚拉尔走了过去。

我知道人不应该撒谎，但是生命攸关的时候，就一定要这样做。

此外，维德尔的拳头很硬，过去从来没有任何人这样凶狠地抓住我。我被抓得很痛，所以很生气，气愤奇怪地超过了恐惧。可能正是因为这个原因，我的谎才撒得不错。

“你躺在这里侦察多久了？”当维德尔把我从山洞里放出来的时候，他吼叫着问。

“从昨天晚上，”我说，“不过我只是在这儿睡觉。”我说着并且在晨曦中不停地眨眼，好像我刚刚醒过来。

“睡觉？”维德尔说，“你想说你根本没有听见我们在篝火旁边说话、唱歌？别装蒜了！”

看来他编造得很狡猾，因为他们连一句也没唱。不过我更狡猾。

“对，我可能听到点儿什么，听到你们唱歌。”我结巴着，好像专为讨好他而在说假话。

但无济于事。

“你难道不知道走这条路要被处死？”维德尔说。

我竭力装作什么也不知道，不知道要被处死，也不知道其他的事情。

“我就想看看昨天晚上的月光。”我小声说。

“你不要命了，你这只小狐狸？”维德尔说，“你的家在哪儿？是在樱桃谷还是在蔷薇谷？”

“在蔷薇谷。”我说。

因为卡尔·狮心住在樱桃谷，所以我宁死也不让他们知道我是谁。

“你的父母是谁?”维德尔问。

“我住在……住在我爷爷家里。”我说。

“那么他叫什么名字?”维德尔问。

“我就叫他爷爷。”我一边说一边装作更愚蠢。

“他住在蔷薇谷的什么地方?”维德尔问。

“住在一个……小白房子里。”我说。因为我想，蔷薇谷的房子大概也像樱桃谷的房子那样是白色的。

“你一定要把那个爷爷和那个房子指给我们看。”维德尔说，“快上马!”

我们骑上马。恰好这时候太阳从南极亚拉山顶升起，天空中朝霞似火，山峰放出万道光芒。我有生以来从未见过如此美丽、壮观的景色。我想，如果我眼前没有卡德尔和他坐在马上的黑屁股，我肯定会欢呼起来。但是我没有欢呼，没有，我确实没有那样做!

山路还像过去一样在峭壁上蜿蜒。但是很快就直上直下地通到山底。我知道我们快到蔷薇谷了。当我突然看到它就在我眼前的时候，我几乎都不敢相信，啊，它像樱桃谷一样的美，小巧的房子和庄园、翠绿的山冈、像一堆堆雪似的盛开的蔷薇，都沐浴在朝霞之中。俯视山谷令人心旷神怡，它像一片大海，绿色的浪花上点缀着粉红色的花，啊，蔷薇谷真是名副其实。

但是没有维德尔和卡德尔我永远也进不了这条山谷。因为整个蔷薇谷由一道墙围着，是滕格尔强迫人们修建的一道高墙，他想把他们囚禁在里面永远当奴隶。约拿旦过去对我讲过，所以我知道。

维德尔和卡德尔可能忘记问我是怎么从封锁得很紧的蔷薇谷走出去的，谢天谢地，他们可别想起来这件事。因为我将怎么回答呢？一个人怎么能通过那道墙——何况还有一匹马呢？

我老远就看到滕格尔士兵戴着黑盔，手持宝剑和长矛在墙顶上巡逻。大门也严加守卫，对了，墙上有一个大门，从樱桃谷来的那条小路就通到这里。

过去人们可以自由地来往于山谷之间，现在大门紧锁，只有滕格尔的人才可以通过。

维德尔用拳头敲门。这个时候开了一个小洞，一个魁梧的汉子伸出头来。

“口令？”他喊叫着。

维德尔和卡德尔在他的耳朵边小声回答着口令，大概是怕我听到。其实多此一举，因为我已经知道他们的口令了——一切权力属于滕格尔——我们的解放者！

他从洞里看着我，并且说：

“那个呢？他是什么人？”

“这是我们从山里找到的一个小蠢货，”卡德尔说，“但

是他也不是特别蠢，因为他确实能够在昨天晚上通过你的大门钻出来，你对此有何高见，我的警长？我觉得你不妨问问你的人，晚上他们是怎么看门的。”

洞里的人生气了。他打开门，但是他又吵又骂，只想把维德尔和卡德尔放进去，不想放我进去。

“把他关进卡特拉山洞，”他说，“那里才是他应该去的地方。”

但是维德尔和卡德尔坚持——我应该进去，他们说，因为我必须证明我没有对他们撒谎。他们说，调查这件事是对滕格尔负责。

以维德尔和卡德尔为前导，我骑马进了大门。

这时候我想，如果我还能见到约拿旦，一定让他听一听，维德尔和卡德尔怎么样帮助我进入蔷薇谷。他肯定会笑个没完。

但是我自己现在没有笑，因为我知道我面临的灾难。我必须找到一栋有一位爷爷的白房子，不然我就得进卡特拉山洞。

“前边骑，带路。”维德尔说，“因为我们要跟你爷爷认真谈一谈!”

我催马走上一条紧靠围墙的小路。

这里有很多白房子，跟樱桃谷一样。但是我没有看到一栋我敢指出的白房子，因为我不知道谁住在里边。我不敢说“我爷爷住在那儿”。因为当维德尔和卡德尔走进去的时候，里边没有一个小老头儿该怎么办呢？也可能没有人想当我爷爷。

现在我确实陷入窘境，我在马背上浑身冒汗。我很容易编造出一个爷爷，但是现在我觉得弄巧成拙了。

我看见很多人在房子外边劳动，但是没有一个人像老爷爷，我感到越来越艰难。看到蔷薇谷人的状况也使人害怕，他们脸色苍白、身体浮肿、表情沮丧，起码我路上看到的人是这样，与樱桃谷的人不一样。我们山谷也没有想永远使我们为他当奴隶和夺取我们赖以生存的一切东西的滕格尔。

我骑着马走呀，走呀。维德尔和卡德尔开始不耐烦了，但是我只是骑着马向前走，好像走向世界的尽头。

“还很远吗？”维德尔问。

“不远了，不是特别远了。”我说。但是我既不知道我说的是什么，也不知道我做的是什么。我吓得浑身是汗，只等被投进卡特拉山洞。

但是这时候出现了奇迹，信不信由你。紧靠围墙旁边有一栋白色小房子，房子外边坐着一个老头儿正喂鸽子。如果在所有的灰鸽子当中没有那只雪白的鸽子——唯一的一只，我可能不敢那样做。

我止不住眼中的泪水，这样的白鸽子我只在索菲娅家里见过，另一次是我在另一个世界里的我的窗子上看见的。

这时候我做出了令人难以置信的事情。我从马背上跳下来，朝老头儿跑了几步，我扑到他的怀里，双手抱住他的脖子，在惊恐中我小声说：

“帮帮我！救救我！请你说你是我爷爷！”

我很害怕，当他看见戴着黑盔的维德尔和卡德尔站在我后边的时候，我肯定他会推开我。他为什么为了我而撒谎和由此被投进卡特拉山洞呢？

但是他没有推开我。他把我搂在怀里，我感到他友善、温暖的手，就像阻止一切邪恶的屏障。

“小宝贝。”他高声说，以便让维德尔和卡德尔听到，“这么长时间你到哪儿去了？你做什么啦，冒失鬼？为什么连士兵都跟到家里来了？”

我可怜的爷爷，遭到维德尔和卡德尔很厉害的训斥！他们训斥来训斥去，并且说，如果他不管教好自己的孙子，让他到南极亚拉的山上乱窜，他就别想再要孙子啦，他要是忘了，那就等着瞧吧。但是最后他们说，这次就算了，说完以后他们就骑马走了。他们的头盔在我们脚下的山谷里很快就变成了小黑点儿。

这时候我开始哭了，我趴在我爷爷的怀抱里哭了又哭。因为这个夜是那么漫长、难熬，现在总算过去了。我的爷爷，他让我趴在怀里。他只是轻轻地拍打着我，我多么希望，啊，我

多么希望他就是我的真爷爷，尽管我还在哭，可是我仍然把我的想法告诉了他。

“好啊，我大概可以当你的爷爷，”他说，“不过我的名字叫马迪亚斯。你叫什么名字？”

“卡尔 · 狮……”我开始说。但是我又停住了，我在蔷薇谷说出我的名字不是疯了吗？

“好爷爷，我的名字保密，”我说，“叫我斯科尔班吧！”

“好啊，斯科尔班，”马迪亚斯一边说一边笑了笑，“请到厨房去吧，斯科尔班，在那里等我，”他接着说，“我把你的马拴到马厩去。”

我走进去。这是一个很穷的小厨房，只有面包，一个木头沙发，几把椅子和一个炉子。在一堵墙的旁边放着一个大柜子。

马迪亚斯很快就来了，这时候我说：

“我们家厨房里也有这样大的一只箱子，在樱……的家里。”

随后我又停住了。

“在樱桃谷的家里。”马迪亚斯说，我不安地看着他——我再一次说出了我不应该说的事情。

但是马迪亚斯没有再说下去。他走到窗子前朝外边看。他站在那里很久，察看着附近到底有没有人。然后他转过身来，低声对我说：

“尽管这个柜子有点儿特别，你还是可以看!”

他用肩膀顶着柜子，把它推到一旁。柜子后边的墙上有一个门洞。他打开门洞，里边是一间很小的房子。有人躺在地板上睡觉。

那是约拿旦。

第九节

我记得有几次我高兴得差点儿发疯了。有一次，那时我很小，我从约拿旦那里得到一件圣诞礼物——雪橇，这是他用攒了很久的钱给我买的。还有那次，我初次到南极亚拉，在河边找到了约拿旦。在骑士公馆度过的那个极为令人愉快的第一个夜晚，我简直要高兴死了，但是没有任何东西，没有任何东西比我在马迪亚斯家里找到约拿旦更高兴！我现在就像在灵魂深处大笑一样，或者用别的什么来形容我的高兴。

我没有动约拿旦，我没有叫醒他。我没有欢呼或者做别的举动，我只是轻轻地躺在他的身边，后来睡着了。

睡了多久？我也不知道。我相信是整整一天。但是当我醒来的时候，啊，当我醒来的时候，他正坐在我的身旁！他坐在那里微笑着。他微笑的时候，没有任何人像他那样友善。我原以为他不喜欢我来，他可能早就忘了他怎么样呼救，但是现在我能看出，他跟我一样高兴。我也跟着微笑起来，我们坐在那里只是互相看着，有好长时间我们谁也没说一句话。

“你呼救了。”最后我开口了。

这时候约拿旦不再微笑了。

“你为什么呼救呢?”我问。

肯定发生了意想不到的事情在折磨着他。他好像不愿意回答我，所以沉默不语。

“我看到卡特拉了，”他说，“我看到了他的所为。”

我不愿意用卡特拉的一些问题使他难过，同时我也有很多事情要讲给他听，首先是关于尤西的事。

约拿旦不敢相信这是真的。他气得脸色发白，差一点儿就哭了。

“尤西，不可能，不可能，不可能是尤西。”他说，眼睛里含着泪水。

但是后来他站起来。

“这件事要立即让索菲娅知道!”

“怎么使她知道呢?”我问。

“这里有她一只鸽子，”他说，“比安卡，它今晚飞回去。”

索菲娅的鸽子，啊，真令人难以置信！我告诉约拿旦，就是因为这只鸽子我现在才能在他的身边而没进卡特拉山洞。

“这真是奇迹，”我说，“在蔷薇谷所有的房子当中我偏偏来到了正好你在的这栋，但是如果没有比安卡在房子外边，我也就骑马过去了。”

“比安卡，比安卡，多亏你在那里。”约拿旦说。但是他没有时间听我多说，现在时间紧迫。他用手指去抓墙洞，听起来就像一只小耗子在抓什么东西，但是过了一会儿洞就打开了，马迪亚斯把头伸进来。

“这个小斯科尔班，他只是睡呀睡呀……”马迪亚斯说，但是约拿旦没有让他继续说下去。

“请你把比安卡拿来，一到黄昏就让它尽快上路。”

他解释了原因，并把尤西的事告诉了马迪亚斯。马迪亚斯就像其他老人生气时那样摇着头。

“尤西！啊，我就知道樱桃谷一定有个人，”他说，“所以我们这里的奥瓦尔才被投进卡特拉山洞。上帝，真有这样的人!”

然后他去取比安卡，为我们关好门洞。

约拿旦在马迪亚斯家里找到一个很好的藏身之地。这是一间密室，既没有门，也没有窗子，进出的唯一通道是箱子后边的洞。没有家具，只有一个睡觉用的枕头，一盏古老的牛角灯散发出微弱的灯光。

借助灯光约拿旦给索菲娅写了一封信：

叛徒遗臭万年的名字叫尤西·金鸡。尽快解决他。我的弟弟在这里。

“比安卡昨天晚上所以要飞来，”约拿旦说，“就是为了告诉我，你已失踪，正四处寻找。”

“想想看，索菲娅明白了我写在厨房墙壁上的谜，”我说，“当时，她可能送汤去了。”

“什么谜？”约拿旦问。

“我要到天涯海角把他寻。”

我讲了我写的内容，“为了不让索菲娅担心。”我说。

这时候约拿旦笑了。

“不担心，好啊，你可以这样想象！那么我呢？当我得知，你在南极亚拉的山中时，你相信我会平静吗？”

我的样子一定显得很羞愧。因为他赶紧跑过来安慰我。

“勇敢的小斯科尔班，你在那里是不幸中的大幸！而你现在在这里又是幸运中的幸运！”

这是有生以来，第一次有人说我勇敢，我想，如果我照现在这样继续下去，我大概可以姓狮心，而不会像尤西挖苦的那样。

但是我记得我写在家里墙上的内容比这个多。长着红胡子的那个人想要白马，我请求约拿旦在信上再写一行：

有关那个红胡子的事，卡尔说错了。

我还讲述了，胡伯特怎么样从狼群中救了我的命，约拿旦说，他一辈子也忘不了胡伯特的大恩大德。

当我们准备放飞比安卡时，晚霞染红了蔷薇谷，山坡上的房子和庄园里开始点灯，看起来安宁平静。人们可能认为，家家户户都在吃丰盛的晚饭，或者聊天，逗孩子玩，为他们唱民歌，生活得富足、愉快，但是人们知道实际并不如此。他们没东西可吃，既不安宁，也不幸福，他们很不幸。如果人们忘记了，围墙上滕格尔士兵手持宝剑和长矛，他们会帮助人们记住这一点。

马迪亚斯的窗子里没有点灯。他的房子一片黑暗，一切都是那么寂静，好像根本没有活人。但是我们在那里，不是在房子里，而是在房子外面。马迪亚斯站在房子角旁边警戒，约拿旦和我拿着比安卡钻进蔷薇丛中。

整个马迪亚斯庄园的周围长满了蔷薇花。蔷薇是我喜欢的花，因为它芳香。不是很强烈，只是微香。以后我每一次闻到

蔷薇的香味，我的心都会跳动，永远不会忘记约拿旦和我钻蔷薇丛的滋味。我们离围墙很近，滕格尔士兵在那里偷听和侦察，可能主要针对一个姓狮心的人。

约拿旦的脸上抹了一点儿黑，把帽子拉到眼睛上边。他看起来不像约拿旦，他真的不像。但是仍然危险，他每次离开那间密室的藏身之地都有生命危险，他管那里叫墙洞。几百人日夜追捕他，这一点我知道，我也告诉过他，但是他只淡淡地说：

“好啊，随他们的便。”

他说他一定要亲自放飞比安卡，因为他要保证不让任何人看见它飞走了。

那些墙上的卫兵各管一段。一个胖子卫兵在马迪亚斯庄园后边的围墙顶上转来转去，我们特别要提防他。

但是马迪亚斯拿着牛角灯站在房子角旁边，他告诉我们他怎样打信号。他这样说：

“当我把灯往下放的时候，你们大气儿也别出，这表示胖子都迪克在我们附近。但是当我把灯往上举的时候，表示他走远了，他通常在围墙的拐角外与另一个滕格尔士兵聊天，这时候你们趁机放走比安卡。”

我们照他说的做。

“快飞，快飞，”约拿旦说，“快飞，我的比安卡，越过南极亚拉山飞到樱桃谷。请你小心尤西的弓箭!"

索菲娅的鸽子是否确实都懂得人的语言，这我不知道，但是我差不多确信比安卡懂得。因为它把嘴紧靠约拿旦的脸颊，好像让他放心，然后就飞走了。它在晚霞中变成一个白点，啊，一个危险的白点儿。当它飞过围墙的时候，那个都迪克很容易就可以发现!

但是他没有。他站在那边聊天，既没听见，也没看见。马迪亚斯警戒着，他没有把灯往下放。

我们目送比安卡消失在远方，我拉着约拿旦，我现在想和他赶快回到藏身之地。但是约拿旦不愿意，现在还不愿意。这是一个舒服的夜晚，空气凉爽，吸点儿新鲜空气舒服极了，他不想钻进那间闷人的小房子里。没有人比我更明白这种心情，我曾经长期被束缚在城里边我们家厨房的沙发上。

约拿旦坐在草丛中，双手抱着膝盖，看着下边的山谷。他非常平静，我觉得他好像打算在那里坐一个晚上，不管有多少滕格尔士兵在他后面的围墙上巡逻。

"为什么你坐在那里?"我问。

"因为我喜欢，"约拿旦说，"因为我喜欢晚霞中的这个山谷。我也喜欢凉风吹拂我的面孔，粉色的蔷薇花使夏季四处飘香。"

"我跟你一样。"我说。

“我喜欢花、草、树木、草地、森林和美丽的湖泊，”约拿旦说，“而日出日落、月光星光和其他一些景象，再多的东西我现在不记得了。”

“我也是这样。”我说。

“这些都是大家喜欢的，”约拿旦说，“如果他们没有非分的要求。你能告诉我吗，他们为什么不能在安定、和平中得到这些，而偏偏来了个滕格尔去破坏这一切？”

这我可回答不了，这时候约拿旦说：

“过来，我们最好进去了！”

但是我们不能直接进去。我们首先要知道马迪亚斯那边的情况，胖子都迪克在哪里。

夜幕已经降临。我们已经看不清马迪亚斯，只能看清他手中的灯光。

“他高举着灯，没有都迪克之类的人在，”约拿旦说，“现在回去！”

但是就在我们开始跑的时候，灯光闪电般地下降了，我们立即停住。我们听到马急速走来，后来它们放慢速度，有人跟马迪亚斯谈话。

约拿旦推了我后背一下。

“过去，”他小声地说，“到马迪亚斯那里去！”

他自己钻进一处蔷薇丛，我朝灯光走去，吓得浑身打哆嗦。

“我只想吸一点儿新鲜空气，”我听见马迪亚斯说，“晚上的天气美极了。”

“天气美极了，”一个人粗声粗气地说，“日落以后再外出要处死，你知道吗？”

“一个不安分守己的老爷爷，就是你，”另一个人的声音，“还有，你的孙子在哪儿？”

“他来了。”马迪亚斯说，因为这时候我已经来到他的身旁。我认出了马背上的那两个人，他们是维德尔和卡德尔。

“今天晚上你没跑到山上看月光，啊？”维德尔说，“你叫什么来着，小东西？我好像从来没听说过。”

“我就叫斯科尔班。”我说。我应该这样回答，因为没有人知道这个名字，尤西和其他人都不知道，只有约拿旦、我和马迪亚斯知道。

“斯科尔班，真像，”卡德尔说，“喂，斯科尔班，你认为我们为什么要到这里来？”

这时候我觉得我的腿都要站立不住了。

“为了把我投进卡特拉山洞，”我想，“他们大概后悔放掉了我，现在他们又来抓我，除此以外，我还能有什么别的想法呢？”

“好啦，你知道吗？”卡德尔说，“我们晚上骑马在山谷里巡视，就是为了看一看人们是否遵守滕格尔的各项规定。不过你的爷爷很难明白，你大概可以给他解释解释，天黑以后你们不待在家里，对他对你都没有好处。”

“不要忘记，”维德尔说，“如果下次我们在你不应该待的地方找到了你，可就不客气了，你要记住，斯科尔班！你爷爷活着还是死了，都不吃劲。但是你还年轻，你不想长大了当滕格尔士兵啊？”

“滕格尔士兵，不，我死也不干。”我想，但是没有说出来。我为约拿旦担心，我不应该激怒他们，所以我顺口回答：

“愿意，我当然愿意。”

“好，”维德尔说，“你明天早晨到大码头去，那时候你就可以看到滕格尔——蔷薇谷的解放者。明天他将坐着金色的帆船从盘古河的河上来，在大码头靠岸。”

然后他们准备走了，但是在最后一瞬间卡德尔勒住马。

“喂，老头儿，”他对一只脚已经走进屋里的马迪亚斯喊叫，“你没有看见一个英俊、长着浅色头发、姓狮心的男孩吧？”

我抓住马迪亚斯的手，我感到他在颤抖，不过他平静地说：

“我不认识什么狮心。”

“噢，不认识，”卡德尔说，“如果你偶尔碰到他，把他保护起来或者藏起来，你知道会有什么后果吗？处死，你知道吗?”

这时候马迪亚斯在我们身后关上门。

“这儿处死我，那儿处死我，”他说，“这就是那些人整天想做的事情。”

当马迪亚斯拿着灯重新走到外面的时候，马蹄声才在远方消失。约拿旦很快回来了，他的手和脸都被蔷薇刺破，但是他为没有出现什么危险和比安卡飞过山顶而感到高兴。

然后我们吃晚饭。马迪亚斯在厨房里。墙洞开着，以便有人来时约拿旦能很快躲进藏身之地。

不过约拿旦和我先去马厩喂马。看到两匹马又在一起了真是快乐。我相信它们正以某种方式向对方讲述着各自的经历。我给它俩燕麦吃，约拿旦一开始想阻止我，但是后来他说：

“好吧，就让它们再吃这一次吧！在蔷薇谷人们已经不再拿燕麦喂马了。”

当我们走进厨房的时候，马迪亚斯已经在桌子上摆了一大碗汤。

“我们没有别的吃，主要是水，”他说，“但是至少是热的。”

我朝四周找我的背包，我想起了里边的东西。当我拿出圆面包和羊肉火腿时，约拿旦和马迪亚斯的眼睛都亮了。他们很激动。我感到非常快活，就像给他们摆了大席大宴一样。我切

下一大块羊火腿，我们喝汤、吃面包和火腿，我们吃呀，吃呀！有很长时间我们谁也没说话。最后约拿旦开口了：

“真不错，吃饱了！我差不多已经忘了饱是什么滋味。”

我对于来到蔷薇谷越来越感到满意，越来越感到正确。我可以仔细地讲述从我离家出走到维德尔和卡德尔帮助我进入蔷薇谷的全过程。大部分内容我早就讲过了，但是约拿旦还想再听，特别是关于维德尔和卡德尔的事。对此他笑起来没完，跟我原来想的一模一样。马迪亚斯也笑了。

“那些滕格尔士兵不是特别聪明，”马迪亚斯说，“尽管他们自认为聪明。”

“真不聪明，连我都能欺骗他们。”我说，“啊，他们要知道就坏事了！那个小弟弟是他们千方百计要抓的，但是他们恰恰帮他进了蔷薇谷，还立即放了他。”

当我说完这些话以后，我开始思索别的事情。我过去没有想到的一件事，但是现在我问：

“我的天啊，约拿旦，你是怎么进的蔷薇谷?”

约拿旦笑了起来。

“我跳进来的。”他说。

“怎么跳呢……没骑着格里姆吧?”我说。

“骑着，”他说，“我没有其他的马。”

我过去看到过，我知道约拿旦骑着格里姆能做怎么样的跳越。但是飞越蔷薇谷周围的墙，没有人敢相信。

“你知道，墙当时还没有完全建好。”约拿旦说，“没有全建好，没有修够高度。不过你可以相信，墙已经够高的了。”

“啊，那卫兵呢?”我说，“就没有人看见你?”

约拿旦嚼着面包，后来他又笑起来。

“有，我后边跟着一群苍蝇，格里姆的屁股上还中了一箭。但是我躲开了，一个好心肠的农民把我和格里姆藏到库房里去了。夜里他把我送到马迪亚斯这里来了，你现在都知道了。”

“没有，你还没有全知道，”马迪亚斯说，“你不知道山谷里的人唱着歌欢迎约拿旦。他的到来，是滕格尔窜到这里并把我们变成奴隶以来蔷薇谷发生的唯一使人高兴的事。‘约拿旦，我们的救世主’，他们这样唱，因为他们相信他将解放蔷薇谷，我也相信这一点。现在你全知道了。”

“你还没有全知道，”约拿旦说，“你不知道，当奥尔瓦被关进卡特拉山洞的时候，由马迪亚斯领导蔷薇谷的秘密斗争。他们叫马迪亚斯是救世主，而不是叫我。”

“不对，我太老了，”马迪亚斯说，“那个维德尔说得对，我活着还是死了，都不吃劲。”

“你可不能这样说，”我说，“因为现在你是我爷爷。”

“对，因为这个原因我必须得活着，但是再领导什么斗争我就吃不消啦，要由年轻人来干。”

他叹息着。

“奥尔瓦在这里就好啦！但是卡特拉抓到他以后，他被关在卡特拉山洞。”

这时候我看到约拿旦脸色苍白。

“我们等着瞧吧，”他小声地说，“看卡特拉最后抓到谁。”

但是后来他说：

“我现在要干活儿了。这一点你也不知道，斯科尔班，我们白天在房子里睡觉，夜里干活儿。过来，你好好看看！”

他在我前边通过墙上的门洞爬进秘密地点，他叫我看一些东西。他拿开我们睡觉用的枕头，取出下面几块活动地板。这时候我看见一个黑黑的地洞直通地下。

“这里是我的地道的起点。”约拿旦说。

“哪儿是终点？”我问，尽管我差不多已经猜出他将怎样回答。

“在围墙外面的荒地上。”他说，“挖完的时候，终点将在那里。再有几夜就完了，我认为那时候地道就足够长了。”

他钻进洞里。

“但是我必须再挖一段，”他说，“因为你知道，我不愿意在胖子都迪克的鼻子底下从地下钻出来。”

然后他不见了，我坐在那里等了很长时间。后来他总算回来了，推着一满箱子土。他把箱子递给我，我通过墙洞再递给马迪亚斯。

“我的地需要更多的土，”马迪亚斯说，“然后我就可以种一点儿豌豆和豆角，这样就用不着再挨饿了。”

“对，你可以这样想，”约拿旦说，“你在地里种十个豆角，滕格尔拿走九个，你已经忘了？”

“你说得对，”马迪亚斯说，“只要滕格尔在，蔷薇谷就会有困难和饥饿。”

马迪亚斯要偷偷地到外边，把木箱子里的土倒在他的田地里，我要站在门前放哨。约拿旦说，一旦我发现任何可疑的行迹时，我就吹口哨。我会吹一首特别短的曲子，是很久以前约拿旦教我的，那时候我们还生活在人间。当时我们经常一起吹，一般是在晚上躺下以后。这个曲子我一直会吹。

约拿旦又钻进地道去挖土，马迪亚斯拉过箱子挡住墙洞。

“把这件事记在脑子里，斯科尔班。”他说，“在墙洞用箱子挡好以前，永远不能让约拿旦待在里边。要记住，你是在滕格尔生活和统治的一个国家里。”

“我不会忘记。”我说。

厨房里很昏暗。唯一的一盏灯放在桌子上，放着亮光，但是马迪亚斯把它熄灭了。

“蔷薇谷的夜一定是黑的，”他说，“因为那里有很多眼睛想看他们不应该看的东西。”

然后他拿着箱子走掉了，而我站在开着的门前面放哨。天很黑，跟马迪亚斯的愿望一样。房子里面是黑的，蔷薇谷的天空是黑的。没有星星闪耀，没有月亮发光，一切都是黑的，我什么也看不见。但是我想马迪亚斯说的夜里所有的眼睛也看不见什么，这是个安慰。

站在那里等着显得阴郁和孤单，也有些吓人。马迪亚斯很久没有回来，我有些不安，而且随着每一秒钟的过去变得更加

不安。他为什么不回来？我使劲儿盯着黑暗处，但是已经有些不黑了吧？我突然感到天有些亮了。或者是因为眼睛习惯了？这时候我注意到，月亮正从乌云中爬出来。这是最可怕的事情，我请求上帝让马迪亚斯趁还有黑暗藏身时赶快回来，但是已经晚了。因为月亮已经全部露出，明亮的月光洒在山谷上。

我在月光中看到了马迪亚斯，老远我就看见他拿着箱子从蔷薇丛中走来。我朝四周看了看，因为我在放哨。这时候我突然看见了别的东西，都迪克，胖子都迪克背朝着我正从围墙的软梯上爬下来。

人害怕的时候很难吹口哨，也不容易吹好。不过我还是弄出了那首曲子，马迪亚斯快得像壁虎一样消失在最近的蔷薇丛里。

这时候都迪克已经到了我的眼前。

“你吹什么口哨?”他吼叫着。

“因为……因为我今天才学会，”我结结巴巴地说，“我过去不会，不过真好，就是在今天我突然会了，你想听吗?”

我重新吹起来，但是都迪克不让我吹。

“不，别出声，”他说，“我不确切知道吹口哨是不是违禁，但是我相信是。我不相信滕格尔会喜欢吹口哨。此外你应该把门关上，明白吗?”

“滕格尔不喜欢人们开着门吗?”我问。

“这不关你的事，”都迪克说，“照我说的去做。不过先给我一瓢水。我在围墙上边巡逻都快渴死了。”

这时候我马上想到，如果他跟进厨房，看看马迪亚斯在不在，那应该怎么办呢？可怜的马迪亚斯，夜间外出要判死刑，我过去听说过。

“我去取，”我迅速说，“请待在这儿，我去为你取水。”

我跑进厨房，我在黑暗中摸到水桶，我当然知道水桶放在哪个墙角。我也找到了水瓢，舀了满满一瓢水。这时候我感觉到有人站在我身后，啊，他在黑暗中紧靠着我的后背站着，我从未经历过如此可怕的事情。

“点上灯，”都迪克说，“我想看看这个小耗子窝是什么样儿的。”

我的手在打哆嗦，我的全身都在打哆嗦，不过我还是把灯点着了。

都迪克接过水瓢喝水，他喝呀喝呀，好像他的肚子里有一个无底洞。然后他把瓢扔在地上，用那双令人讨厌的小眼睛疑神疑鬼地打量着四周。他问的正是我预料中的问题：

“那个马迪亚斯老头儿住在这儿，他哪儿去啦？”

我没有回答，我不知道我应该回答什么。

“没听见我问你吗？”都迪克说，“马迪亚斯在哪儿？”

“他在睡觉。”我说，我总得找点儿话说。

“在哪儿?”都迪克说。

我知道，在厨房旁边有一个小房子，房子里边有马迪亚斯的床。但是我也知道，他现在没在那里睡觉。但是我还是指着那个房门说：

“在那里边。”

我说的声音很低，几乎听不见。话说得很艰难，都迪克嘲笑起我来。

“你的谎撒得很不好，”他说，“等瞧完了再说!”

他很得意，他知道我在撒谎，他想着给马迪亚斯定个死罪，据我所知他可以得到滕格尔的奖赏。

“把灯给我。”他说。我把灯交给他，我真想冲出门去，找到马迪亚斯，告诉他赶快逃命，现在还来得及。但是我无法脱身，我只是站在那里，心里很难过，也很害怕。

都迪克看出了我的心情，他幸灾乐祸。他不慌不忙的，确实如此，面带微笑，有意拖延时间，让我更加害怕。但是当他得意够了以后对我说：

“现在过来吧，我的孩子，你该告诉我啦，马迪亚斯躺在哪儿睡觉?”

他踢开门，把我推进去，我摔倒在高门槛上。然后他把我揪起来，手拿着灯站在我的前面。

“你这个瞎话篓子，现在告诉我。”他一边说一边举起油灯照房子的黑暗处。

我不敢动，也不敢看，我真想钻到地底下去，啊，我太痛苦了！

但是在绝望中我听到了马迪亚斯愤怒的声音：

“发生什么事了？连夜里睡觉也不得安宁吗？”

我抬起头，看见了马迪亚斯，啊，他正坐在最黑暗的墙角里的床上，对灯眯缝着眼。他只穿着衬衣，头发乱蓬蓬的，好像他已经睡了很久。在开着的窗子前边，土箱靠在墙上。他快得难道不像一只壁虎吗？我重新认识了爷爷！

不过都迪克有点儿可怜了。当他站在那里直愣愣地看着马迪亚斯的时候，我从来没有见过谁有他那样愚蠢。

“我来只是要点儿水喝。”他没趣地说。

“水，啊，水很好，”马迪亚斯说，“你难道不知道滕格尔禁止你们喝我们的水吗？他认为我们会毒死你们。如果你再来吵醒我一次，我也真毒死你。”

我不明白他怎么敢对都迪克讲这些话。但是这也许是跟滕格尔士兵讲话的最好方式，因为都迪克只是哼了一声，立即跑回围墙。

第十节

当我看到卡曼亚卡的滕格尔以后，我才真正算看到了残暴的人。

他乘坐金色的帆船从盘古河来，当时我和马迪亚斯一起站在那里等着看他。

是约拿旦派我来的，他希望我能看看滕格尔。

“因为这样你才能更好地理解为什么这个山谷里的人受奴役、忍饥挨饿或者死去都有一个唯一的愿望和梦想——看到自己的山谷重新解放。”

在盘古山的山顶，滕格尔有自己的城堡，他住在那里。约拿旦说，他只是偶尔坐船来蔷薇谷，目的是恫吓人民，使任何人都不能忘记他是谁或者不敢梦想更多的自由。

开始我什么也看不见，我前面站了很多滕格尔士兵。他在蔷薇谷时，有长排的士兵保卫他，我认为他很害怕从后边的某个地方射来一支箭。约拿旦说过，暴君总是害怕的，而滕格尔是所有暴君中最坏的一个。

啊，开始我们几乎什么也没看到，不管是马迪亚斯还是我都是这样。但是后来我想好了我应该怎么办。滕格尔的士兵都叉着腿雄赳赳地站着。如果我趴在他们后边，我就可以从他们的腿中间看过去。

但是我无法使马迪亚斯照办。

“主要是你看，”他说，“你永远也不要忘记今天看到的一切。”

我看着。一条美丽镀金的大船逐渐靠近，船上的桨旁边站着很多穿黑衣服的人。船桨很多，我数都数不过来，每次它们被举出水面时，都在阳光下闪亮。水手们吃力地工作着。强大的水流冲击着帆船。在河的下游可能有瀑布，它有力地吸着船，我听到远处大水在奔腾咆哮。

“你听到的是卡尔玛瀑布。”当我问马迪亚斯时他说，“卡尔玛瀑布的涛声是蔷薇谷的摇篮曲，当孩子要睡觉时，他们躺着听。”

我想到了蔷薇谷的孩子们。过去他们在河边跑跳，做游戏或玩水，十分快乐。现在他们不能玩了。因为围墙的原因，那个残酷的墙把各处都圈了起来。整个围墙只有两个门，一个是我走过的——叫大门；另一个在码头外边的河岸上，滕格尔的帆船正停在那里，这个门因为滕格尔的原因已经打开，通过门洞和几个士兵的腿我看见了码头和等着滕格尔的黑色马匹，金的马鞍和金的笼头闪闪发光。我看见他从船上下来，骑到马背上，经过大门走过来，突然就到我身旁了，所以我能看清楚他残暴的面孔和他残暴的眼睛。约拿旦说过，他残暴得像条毒蛇，他看起来整个人都残暴和嗜血成性。他的衣服像血一样红，他的头盔就像在血中浸过一样。他的眼睛旁若无人似的向前看着，好像这个世界除了卡曼亚卡的滕格尔以外没有人存在，啊，他残酷无情。

蔷薇谷所有的人都接到来村广场的命令。滕格尔将给他们训话。马迪亚斯和我当然也去了。

这是一个美丽的小广场，周围坐落着美丽的老式房屋。就像滕格尔命令的那样，蔷薇谷所有的人都到了他那里。他们默默地站在那里，只是等待，但是，啊，人们怎么能了解他们的痛苦和悲伤呢！同样在这个广场，他们昔日有过快乐。夏季的夜晚他们在这里跳舞、演戏和唱歌，或者坐在酒馆外面的长凳上，或者在椴树底下聊天。

两棵古老的椴树还长在那里，滕格尔骑着马来到这两棵树之间站住。他坐在马背上凝视着广场和人群，但是他谁也没有看见，这一点我敢保证。他旁边有一个顾问，是一个高傲自大的人，他叫皮尤格，这是马迪亚斯告诉我的。皮尤格有一匹白马，和滕格尔的黑马差不多一样好，他们像两个太上皇一样骑在马背上，直视前方。他们站在那里很长时间，他们周围站着士兵警卫，滕格尔的士兵头戴黑头盔，身披黑斗篷，手执宝剑。人们看得见他们在流汗，因为太阳高照，天气很热。

“你认为滕格尔会说些什么?”我问马迪亚斯。

“他对我们不满意，”马迪亚斯说，“别的他还能说什么。”

还有，滕格尔不亲自讲话。他不能屈尊和奴隶讲话。他只跟皮尤格讲，再由皮尤格转述，滕格尔怎么样对蔷薇谷的人民不满意。他们活儿干得很糟，他们保护滕格尔的敌人。

“狮心至今未被发现，”皮尤格说，“我们尊敬的陛下对此很不满意。”

“对，这我知道，这我知道。”我听见紧靠我身旁的一个人小声说。他是一个衣衫褴褛的穷汉，一个头发蓬乱、长着花白胡子的小老头儿。

“我们尊敬的陛下的忍耐是有限的，”皮尤格说，“他将严厉和无情地惩罚蔷薇谷。”

“对，他做得对，他做得对。”我旁边的老头儿附和着。我知道他一定是个疯子，一个很不聪明的疯子。

“但是，”皮尤格说，“出于大慈大悲，我们尊敬的陛下等一小段时间再使用血腥惩罚，他还发布悬赏。谁要是为他捉住狮心，就赏谁二十匹白马。”

“那就让我抓到那只狐狸，”老头儿一边说，一边从后边推了我一下，“那时候我就可以从我们尊敬的陛下那里得到二十匹白马，哎呀，为这样一只小狐狸付的报酬真不错。”

我气得真想打他一顿。就算他是疯子，他也不应该讲这些蠢话。

“你知道害羞吗？”我小声地说，这时候他大笑起来。

“不知道，没什么可害羞的。”他说。这时候他直盯着我的脸，而我看清了他的眼睛。只有约拿旦才有这样美丽、明亮的眼睛。

说得对，他确实没有什么可害羞的！他怎么能来到滕格尔的眼皮底下呢！尽管确实没有人能认出他来，也不该这样做。马迪亚斯也没认出他来。直到约拿旦抚摩着他的脊背说：

“老人家，我们过去没有见过吗？”

约拿旦喜欢化装，他经常晚上在厨房里为我演戏，我是指我们生活在人间的时候。他装神弄鬼，演得特别有意思。有时候我都笑得肚子疼了。

但是此时此刻，在滕格尔面前就没有意思了。

“我也得看看将发生什么事。”他小声地说，不过他没有笑。这里也没有什么值得笑的东西。

滕格尔让蔷薇谷所有的男人在他前面站成行，他用残酷的手指指到谁，谁就将被从河上送到卡曼亚卡国去。我知道这意

味着什么，约拿旦对我讲过。滕格尔点名送走的人没有一个人能生还。他们将到卡曼亚卡当奴隶，到山上运石头。滕格尔让人们为他在盘古山山顶建造一座大型的城堡。城堡将建造得固若金汤，滕格尔想永生永世地在那里进行罪恶统治，而不必有后顾之忧。但是建造这样的城堡需要很多奴隶，他们要在那里从事奴隶性劳动，直到断气为止。

“那时候卡特拉将管制他们。”约拿旦曾这样说过，一想起这件事，在太阳下我都打战。对我来说卡特拉是一个臭名昭著的名字，没有任何其他意义。

滕格尔挑人的时候，广场上鸦雀无声。只是一只小鸟站在他头顶上的树枝中间欢快地叫着，它肯定不知道椴树下的滕格尔正在作孽。

不过那里还有哭声。听到他们的哭声真让人难过，所有的女人都将失去丈夫，所有的孩子将再也见不到自己的父亲。大家都哭了，我也一样。

滕格尔，他没有听见哭声。他骑在马背上，用手指呀，指呀，每指一次他手上的钻石戒指都要闪一次光，这就意味着有一个人要丧命。太可怕了，只要他用手一指，就算给人定了死罪！

但是有一个被指的人，当他听见自己的孩子哭泣时，他真的发疯了。他突然冲出队列，在士兵们还没来得及阻拦他时，

他已经冲到滕格尔身边。

“暴君!”他喊叫着，“你一定不得好死，你想过吗?”

然后他就往滕格尔脸上吐口水。

滕格尔不动声色，他只做了个手势，身边的士兵就举起了宝剑。我看见宝剑怎么样在阳光下闪亮，不过在同一瞬间约拿旦抱住我的脖子，把我搂进他的怀里。他藏住我的脸，免得我再多看，但是我感到，或者可能我听到他的内心哭泣。我们回家以后，他哭了，他轻易不掉泪。

那天整个蔷薇谷都很忧伤。除了滕格尔的士兵以外，大家都很伤心。每一次滕格尔来蔷薇谷，他的士兵们都很高兴，因为滕格尔一来，就为自己的士兵大摆席宴。在广场上被处死的人的鲜血还没干，他们就大碗喝酒，大块吃烤整猪，蔷薇谷上空臭气冲天。所有滕格尔的士兵大吃大喝，吹嘘让他们挥霍无度的滕格尔。

“但是他们吃的是蔷薇谷的猪，”马迪亚斯说，“他们喝的是蔷薇谷的酒，这帮土匪!”

滕格尔本人没有参加什么宴席。他挑完人，就坐船回去了。

“现在他可能满意地坐在自己的城堡里，相信他已经把蔷薇谷吓住了。”当我们回到家里以后，约拿旦说，“他肯定认为这里只有被吓破胆的奴隶，不会有其他人。”

“这不过是痴心妄想，”马迪亚斯说，“滕格尔不会明白，他永远也无法征服像我们这样团结一致、为了自由而战斗的人。”

我们经过一栋周围长着苹果树的小房子时，马迪亚斯说：

“刚才被处死的人就住在那里。”

在房子外面的台阶上坐着一位女人。我认出了我在广场上看见过的这位女人，我记得当滕格尔挑中她的丈夫时，她是怎样地尖叫。她现在坐在那里，手里拿着剪刀，正在剪自己长长的浅色头发。

“你在做什么，安托尼娅？”马迪亚斯问，“你弄你头发干吗？”

“做弓弦。”安托尼娅说。

别的她什么也没说。但是我永远也不会忘记，她讲话时眼睛的样子。

约拿旦说过，蔷薇谷有很多人被处死。但是最危险的是拥有武器，武器被列为禁物之首，滕格尔的士兵在房子里和各处庄园搜寻隐藏的弓箭、宝剑和长矛。但是他们什么也没找到。然而约拿旦说，没有一栋房子一座庄园不藏着武器或者正在制造武器，以便投入最后一定到来的战斗。

滕格尔曾设白马悬赏，奖励那些告密者。

“痴心妄想，”马迪亚斯说，“难道他真的相信蔷薇谷会

有叛徒？”

“不会有，只有樱桃谷出了一个。”约拿旦悲伤地说，啊，我知道是约拿旦走在我身边，但是很难记清楚，他戴着假胡子、穿着破衣服是什么样子。

“尤西没有看到过我们看到过的残暴和压迫，”马迪亚斯说，“否则他永远也不会做出那样的事。”

“我不知道索菲娅怎么样了，”约拿旦说，“我非常想知道，比安卡是否能活着回来。”

“我们衷心希望它能，”马迪亚斯说，“也衷心希望索菲娅现在已经制止了尤西的活动。”

当我们回到马迪亚斯庄园的时候，我们看到胖子都迪克趴在草丛中与另外三名滕格尔士兵掷骰子。我想他们可能在休息，因为他们在蔷薇丛中趴了整整一个下午，我们从厨房的窗子可以看见他们。他们掷骰子，吃肉、喝酒，他们从广场带回来的桶里装满了各种吃的东西。他们渐渐无力掷骰子了，这时候他们吃肉喝啤酒，后来只喝啤酒，到最后不吃不喝了。他们像甲虫一样一个挨一个地躺在蔷薇丛中，最后四个人全睡着了。

他们把头盔、斗篷都脱下来，扔在草丛里。没有人在这样热的日子里能披着很厚的毛斗篷喝酒。

“但是如果滕格尔知道了，他肯定会惩罚他们的。”约拿旦说。

然后他溜出了大门，我还没来得及担心，他已经拿着一个头盔和一个斗篷回来了。

“你拿这些破烂货干吗？”马迪亚斯说。

“我也不知道，”约拿旦说，“不过将来肯定有用。”

“你将来可能也为此付出代价。”马迪亚斯说。

但是约拿旦脱掉破衣服和假胡子，穿上斗篷，戴上头盔，站在那里跟滕格尔士兵一模一样，真让人恶心。马迪亚斯吓得直发抖，他请求说，看在上帝的分儿上赶紧把这些破烂东西藏起来。

约拿旦照他说的做了。

然后我们躺下睡觉，因此我不知道，当胖子都迪克和他的伙伴醒来以后，怎样发现丢了斗篷和头盔以及谁的这些东西丢了。

马迪亚斯也睡着了，不过他醒过一次，他后来说，他听见外面蔷薇丛中有人喊叫和骂人。

夜里我们继续挖地道。

“还要三个夜晚，时间不会更长了。”约拿旦说。

“然后怎么办？”我问。

“然后做我来这里要做的事情，”约拿旦说，“也许会失败，但是我仍然要竭尽全力去解救奥尔瓦。”

“不能不要我，”我说，“你不能再一次丢下我，我要跟着你到那里去。”

这时候他久久地注视着我，然后他笑了。

“好吧，如果你真想去，我就同意。”他说。

第十一节

所有滕格尔的士兵由于酒足饭饱而变得精神抖擞，他们还想得到二十匹白马。所以他们现在疯狂地追查着约拿旦。最近一个时期他们从早查到晚，查遍山谷里每一栋房子和每一个角落。约拿旦只得躲起来，他几乎都被憋死了。

维德尔和卡德尔骑着马四处宣读关于我哥哥的告示。我也趁机听过一次，我听到“滕格尔的敌人约拿旦·狮心曾非法越过围墙，至今仍在蔷薇谷一个不详的地方”。他们述说他的样子，说他是“一位非常英俊的青年，浅色的头发，蓝色的眼睛，体形消瘦”。他们这样说，据我所知，尤西也这样描述过他。我再次听到，包庇狮心者将处以死刑，出卖他的人将获得奖励。

当维德尔和卡德尔到处大张旗鼓地宣传这些告示时，人们也来到马迪亚斯庄园，向约拿旦告别，并感谢他为他们所做的一切。他为他们做的事要比我知道的多得多。

“我们永远不会忘记你。”他们含着眼泪说。他们还给他带来了面包，尽管他们自己也没有多少东西可吃。

“你需要这些东西，因为你要进行的是一次艰难而危险的旅行。”他们说，然后他们匆匆离去，以便再听一遍维德尔和卡德尔的告示，其实只为了开开心。

士兵也到马迪亚斯庄园来。他们走进厨房时，我坐在椅子上吓得冒汗，动也不敢动。但是马迪亚斯很勇敢。

“你们在找什么？”他说，“我不相信有什么狮心。这是你们编造出来的，以便到处给人家制造垃圾。”

制造垃圾，他们就是这样做的。他们先查卧室，把所有的床上用品都扔在地上。然后他们翻箱倒柜，把里边所有的东西都倒出来，他们真够笨的。他们真的相信约拿旦躺在柜子里？

“你们不看看痰盂里边？”马迪亚斯问。不过这时候他们生气了。

然后他们走进厨房，动那个箱子，我坐在椅子上，感到一股仇恨油然而生。事件偏偏发生在我和约拿旦就要离开蔷薇谷的这个晚上，我想，如果他们真的找到他，我真不知道该怎么办！如果他们在他待在蔷薇谷的最后几个小时抓住他，未免太残酷了。

马迪亚斯有意用破衣服、羊毛和破烂东西把箱子弄得叮当乱响，以此减少约拿旦藏身之地的动静，所有的东西都被乱七八糟地倒在厨房的地上。

后来怎么样啦？后来我真想大吼一声，把整个房子震塌，啊，一个人用肩膀顶住箱子，要把它推开。但是在那种情况下我已经喊叫不出来了。我像木头人一样坐在椅子上，只是恨他，恨他身上的一切，他粗糙的脸、肥胖的脖子和脑门上的肉瘤！我恨他，是因为他将找到约拿旦藏身处的洞口，这意味着约拿旦要丧命了。

然而马迪亚斯突然喊叫起来。

“看呀，着火了，”他喊叫着，“滕格尔告诉你们点火烧房吗？”

我也不知道这到底是怎么一回事，反正情况跟他说的一样。地上的羊毛烧着了，士兵们急忙过来灭火。他们又跳又踩，又气又骂，最后他们用水桶里的水浇。火在没有烧旺之前就被扑灭了，但是马迪亚斯仍然吵个没完，怒气不消。

“你们还有一点儿理智吗？”他说，“什么时候都不能把羊毛倒在炉子旁边，特别是火正旺、火星噼噼啪啪乱蹦的时候。”

长肉瘤的那个人生气了。

“住嘴，老东西，”他说，“不然我就把你的嘴堵住，我知道很多种堵嘴的好办法！”

但是马迪亚斯毫不畏惧。

“完了以后你们收拾干净，”他说，“看看成什么样子！简直像个猪窝！”

这是赶走他们的最好办法。

“老东西，你自己动手收拾自己的猪窝吧。”长肉瘤的人一边说一边第一个走出去。其他人跟了出去。他们出去以后门大开着。

“因为他们没有任何理智。”马迪亚斯说。

“不过真幸运，突然着起火来了，”我说，“约拿旦真有运气！”

马迪亚斯用嘴吹着指头尖。

“对，有时候着一点儿小火儿还是不错的，”他说，“尽管光着手到炉子里去抓通红的煤块会把我烧坏。”

但是一波未平一波又起，苦难并没有像我想象的那样已经过去。

他们又到马厩里去找约拿旦，然后长肉瘤的那个人回到马迪亚斯身边，他说：

“你有两匹马，老东西！蔷薇谷的任何人也不得有一匹以上的马，这你是知道的！今天晚上我们派对面一个人来这里。他来取长着白马面的那匹，你得把它献给滕格尔。”

“不过这是孩子的马。”马迪亚斯说。

“是这样！但是现在它已经是滕格尔的啦。”

那个士兵竟这样说。我开始哭了。我和约拿旦本来今天晚上就离开蔷薇谷。我们那条长长的地道已经挖好。现在我才想起这件事——天啊，我们怎么带走格里姆和福亚拉尔呢？它们当然不能钻地道。这个难题我过去好像一直没有明白！把我们的马留在马迪亚斯家里，难道这还不够令人伤心吗？为什么一定要令人更加伤心呢？滕格尔将拥有福亚拉尔，当我听到这句话时我的心怎么能不碎呢！

那个长肉瘤的人，从口袋里掏出一小块木牌，把它举到马迪亚斯鼻子底下。

“这个，”他说，“你在这个上面签字画押！”

“为什么我一定要签字画押？”马迪亚斯问。

“一定要这样，因为这表示你愿意把一匹马送给滕格尔。”

“不是我愿意。”马迪亚斯说。

这时候士兵走到他跟前，拔出宝剑。

“你当然得愿意，”他说，“你应当感到荣幸，赶快签字画押！然后你把它交给卡曼亚卡来的取马的那个人。因为滕格尔希望有你自愿捐献的证据，明白吗，老东西？”他一边说一边推了马迪亚斯一下，所以他差点儿摔倒。

马迪亚斯能做什么呢？他只得签字画押，那个士兵离开马迪亚斯庄园，到其他地方去搜查约拿旦。

我们在马迪亚斯家的最后一个夜晚就是这样度过的。我们

最后一次坐在他的桌子旁边，他最后一次请我们喝汤。我们三个人都很痛苦，特别是我，我都哭了，因为福亚拉尔，也因为马迪亚斯。他差不多已经是我爷爷了，现在我将离开他。我哭还有另外的原因，我太小，太害怕，当有人像那个士兵一样推我爷爷的时候，我什么忙也帮不上。

约拿旦坐在那里，默默地思索着，他突然说：

“我要知道口令就好了！”①

“哪些口令？”我问。

“你知道吗？人们进出大门一定要回答口令。”他说。

“知道，这我知道，”我说，“我还知道那些口令——‘一切权力属于滕格尔——我们的解放者’，我是从尤西那里听到的，我没有说过吗？”

约拿旦睁大眼睛看着我。他看了我很长时间，然后笑了起来。

“斯科尔班，我很喜欢你。”他说，“你知道吗？”

我不明白他为什么对这些口令感到这样高兴，因为他不会通过大门出去。但是在这样痛苦的时刻，我能用这样一件小事使他振作起来，我也感到有点儿高兴。

马迪亚斯走进房子去收拾东西，约拿旦追了过去。他们在屋里小声地讲了很长时间，我听见的很少，只知道约拿旦说：

① 这句话本身就是一句口令。

“如果我失败了，你要好好照顾我的弟弟。”

然后他回到我身边。

“听我说，斯科尔班，”他说，“我拿着行李先走。你在马迪亚斯这里等着，直到听到我的消息。要等很长时间，因为我有些事情先要安排一下。”

啊，这是我最不喜欢听的！我从来没有耐心等约拿旦，特别是当我害怕的时候，而现在我正害怕。因为谁知道约拿旦在围墙那边会遇到什么事呢？他想做的但可能会失败的事究竟是什么呢？

“你一定不要害怕，斯科尔班，”他说，“如今你已经是卡尔·狮心了，不要忘记这一点！”

然后他仓促地与马迪亚斯和我道别，钻进隐藏室。我们看着他消失在地道里，他向我们招手，我们最后一次看见他的手向我们挥动。我们孤单地留在那里，马迪亚斯和我。

“胖子都迪克，他不会知道此时此刻有一只田鼠正从他的围墙底下钻过。”马迪亚斯说。

“对，不过当那只田鼠从地下露出头的时候被他看见，那该怎么办呢？”我说，“他可能把长矛扎过去！”

我很伤心，我躲到马厩里福亚拉尔身边，这是我最后一次从它那里获得安慰。但是当我知道过了这个晚上我将再也看不见它时，它不能安慰我了。

马厩里很暗。窗子很小，进不来多少光，但是当我走进去时，我还是看见它热情地回过头来。我走到它的身边，用双手抱住它的脖子。我希望它能够明白，将要发生的事情不是我的过错。

“尽管不是我的过错，”我一边说一边哭，“如果我待在樱桃谷，滕格尔也不会抓到你。原谅我吧，福亚拉尔，请你原谅！但是我实在想不出别的办法。”

我相信它知道我很伤心。它过来用它柔软的鼻子轻轻碰了我的耳朵一下，好像它希望我别再哭了。

但是我还是哭，我站在它身边哭呀哭呀，直到没有眼泪了。这时候我开始给它刷毛，然后我把剩下的燕麦喂它，对，当然它要和格里姆分着吃。

我给福亚拉尔刷毛的时候，我产生了一些可怕的想法。

“但愿来取我马的那个人，能摔死了。”我想，“在他渡河之前就让他死掉！”这样的诅咒太可怕了，但我确实是这样想的。不过这一点儿用也没有。

“没有，他肯定已经从渡口上了船。”我想，“他们用那个渡口运送所有偷来的物资。他可能早就上岸了。他可能正通过大门走进山谷，随时都可能到这里，啊，福亚拉尔，如果我和你能够找个地方藏一藏该多好啊！”

正当我在那里想的时候，有人打开了马厩的门，我吓得叫

了起来。不过是马迪亚斯，他有些纳闷，我这么长时间干什么去了。我暗喜马厩那么暗。他看不见我又哭过了，但是他知道我哭过了，因为他说：

“小伙子，我如果能做点什么就好了！但是爷爷什么忙也帮不上。所以你只能哭！”

这时候我从窗子看见他身后有人走来，靠近了马迪亚斯庄园。一个滕格尔士兵！他可能来取福亚拉尔！

“他来啦。”我喊叫起来，“马迪亚斯，现在他来了！”

福亚拉尔叫起来，它不喜欢我惊叫。

转眼间马厩的门开了。一个人站在那里，头戴黑盔，身披黑斗篷。

“不行，”我喊叫着，“不行，不行！”

但是这时候他已经到了我身边，用双臂搂住我。

是约拿旦搂住我！原来是他！

“你连自己的哥哥也不认识啦？”当我推开他的时候，他说。他把我拉到窗前，让我仔细看他，我仍然不敢相信这是约拿旦。我已经认不出他了，因为他太丑了，甚至比我还丑，不再是什么“极为英俊的少年”。他的头发在额前打着绺，已经不像金子一样闪光，他在上嘴唇底下塞上了某种奇怪的鼻烟之类的东西。我不知道加上一点儿东西就会变得这样丑，他的样子很傻。我真想大笑一场，如果有时间的话，但是约拿旦确实没有时间做别的了。

“快，快，”他说，“我必须马上走！卡曼亚卡来的那个人随时都可能到这里！”

他把手伸到马迪亚斯跟前。

“把木牌拿来，”他说，“你大概乐意把两匹马都送给滕格尔吧？”

“对，你想得对。”马迪亚斯说，并把木牌塞到他手里。

约拿旦把木牌装进口袋里。

“我将在大门口出示这个牌子，”他说，“警长将会看到，我没有撒谎。”

一切进行得很快，我们用过去从未有过的速度备好马鞍。我们一边做这些事，约拿旦一边讲述他怎么样通过大门走进来，因为马迪亚斯想听一听。

“这很简单，”约拿旦说，“我回答了和斯科尔班学到的一模一样的口令——一切权力属于滕格尔，我们的解放者——而后警长问，‘你从哪里来？你去哪里？你的任务是什么？’‘从卡曼亚卡到马迪亚斯庄园为滕格尔取两匹马。’我说。‘请过去。’他说。‘谢谢。’我说。现在我就在这里，但是在下一个滕格尔士兵进来之前，我必须通过大门出去，否则就坏事了。”

我们从马厩里牵出马，其速度之快我难以形容，约拿旦骑上格里姆。他把福亚拉尔拉在身旁。

“请多保重，马迪亚斯，”他说，“直到我们再见！”

就这样他带着两匹马走了。别的什么也没说！

“啊，但是我怎么办呢？”我喊叫着，“我做什么呢？”

约拿旦对我招手。

“马迪亚斯会告诉你。”他高声说。

我站在那里，注视着他，我感到自己很笨。但是马迪亚斯向我解释说：

“你很清楚，你永远也无法通过大门，”他说，“天一黑，你就去钻地道。约拿旦在那边等你。”

“安全吗？”我说，“什么事都可能在最后时刻发生。”

马迪亚斯叹息着。

“在滕格尔存在的世界上，没有任何东西是安全的，”他说，“但是如果行不通，你就回来，待在我这里。”

我极力想象事情将会怎么样。首先我孤身一人钻进地道，这一点就够让人难过的了。然后走进围墙对面的森林里，在那里找不到约拿旦，只好坐在黑暗中等。等呀，等呀，最后才明白，一切都错了，然后再爬回来。在没有约拿旦的情况下活着！

我们站在如今已经空了的马厩外边，这时我突然想起了其他事情。

“当卡曼亚卡那个人来的时候，马厩里已经没有马了，马迪亚斯，那你怎么办呢?”

“啊，那里当然还有一匹，”马迪亚斯说，“格里姆在我的马厩时，我把我的马养在邻居的庄园里，现在我就赶快把我的马拉回来。”

“不过他会把你的马拉走。”我说。

“他应该讲道理。”马迪亚斯说。

在最后一瞬间他拉回了自己的马。随后那个人真的来了，他本来是取福亚拉尔。一开始他喊叫着，又犯浑又骂人，跟所有的滕格尔士兵一样。因为马厩里只有一匹马，马迪亚斯不愿意交出。

“别不讲理，”马迪亚斯说，“每一个人都可以有一匹马，这你是知道的。另一匹马你们早已经拉走了，收了我的签字画押。你们已经搞得晕头转向，这个木头脑袋根本不知道另一个木头脑袋做了什么，我可以帮助！”

当马迪亚斯对他们这样强硬的时候，一部分滕格尔士兵会生气，但是也有一部分人会变得通情达理一些，打算取福亚拉尔的这个人就全信了。

“大概是搞错了。”他一边说一边像夹尾巴狗似的溜走了。

“马迪亚斯，你永远不害怕吗？”当那个人走远了的时候我问。

“害怕，我当然害怕，”马迪亚斯说，“你来试试，我的心还在扑腾。”他说，他拿过我的手，放在他的胸口上，“我们大家都害怕，”他说，“但是有时候不能表现出来。”

天黑了，夜晚来临。离开蔷薇谷和马迪亚斯的时刻到了。

“再见，小伙子，”马迪亚斯说，“别忘了你爷爷！”

“不会，永远不会，我永远不会忘记你。”我说。

我一个人到了地下。我钻那条漫长、漆黑的地道，为了保持情绪稳定和不害怕，我自始至终跟自己讲话。

“不，漆黑算不了什么……不，你当然不会被闷死……不错，有一点儿土掉

到你脖子上了，但是这不意味着整个地道正在塌下来，你这个笨蛋！不会，不会，你爬出来时，都迪克不会看见你，他不是猫，黑暗中他看不见东西！不错，约拿旦肯定在那里等着你，真好，他在那儿，你听见我说的话吧。那是他！那是他！”

那是他。他坐在黑暗中的一块石头上，离他不远处的一棵树下站着格里姆和福亚拉尔。

“啊，是你，卡尔·狮心，”他说，“你总算来了！”

第十二节

夜里我们躺在一棵杉树下睡觉，刚黎明我们就醒了。天气有点儿冷，起码我有这个感觉。树林里晨雾弥漫，我们几乎看不见格里姆和福亚拉尔。我们周围灰蒙蒙、静悄悄的，它们就像幽灵之马一样在那里走动。四周寂静得有些凄凉，我不知道为什么早晨起来感到凄凉、寂寞和不安。我只知道我想念马迪亚斯家里温暖的厨房和担忧等待我们的事情，担忧一切我不了解的事情。

我竭力不在约拿旦面前表现我的感受，因为谁知道他会不会找个借口把我送回去。我愿意和他分担一切危险，不管什么样的危险。

约拿旦看着我，微笑着。

“别这个样子，斯科尔班，”他说，“这真不算什么。苦事儿还在后边呢！”

啊，这是个安慰！突然太阳喷薄欲出，云雾立即消失。这时候鸟儿开始在林中歌唱，凄凉、寂寞一扫而光，眼前也不再觉得危险。我身上又暖和起来，阳光暖洋洋的，一切都有了生机，都活跃起来。

格里姆和福亚拉尔也活跃起来。它们脱离了漆黑的马厩，又可以在这里吃多汁的青草，我相信它们很开心。

约拿旦对它们吹口哨，只吹了轻轻一声，但是它们听到以后立即奔过来。

他现在就想走，约拿旦。走得远远的！立即就走！

“因为围墙就在那片榛树丛后边，”他说，“我实在没有兴趣突然看见都迪克。”

我们的地道口在几株榛树丛之间。但是门是看不见的，约拿旦已经用树枝盖上了。他用几根小棍在那个地方做了记号，以便我们将来能认出来。

“不要忘了这儿的样子，”他说，“记住这块大石头和我们在旁边睡过觉的杉树和榛树丛。因为我们可能再次走这条路。如果不能……”

然后他停住了，没有再说什么，我们骑上马，默默地离开那里。

这时候树顶上飞过一只鸽子，是一只索菲娅的白鸽子。

“我们看到的是帕鲁玛。”约拿旦说。他怎么能从这样远的距离就认出来呢？

我们等索菲娅的消息已经等了很久。现在她的鸽子总算来了，但是我们已经在围墙之外了。它径直地飞向马迪亚斯庄园，它很快就会落在马厩外边的鸽子窝旁边，不过现在只有马迪亚斯在那里看她的信啦。

这使约拿旦很生气。

“鸽子昨天能来就好啦，”他说，“那样我就可以知道我要知道的东西。”

但是现在我们必须走，离开蔷薇谷、围墙和追捕约拿旦的滕格尔士兵。

“我们沿着林中的一条弯路到河边去，”约拿旦说，“然后我们沿着河岸向卡尔玛瀑布进发。”

“你在那里，小卡尔，你在那里将有机会看到你做梦也梦不到的瀑布!”

“啊，我做梦也梦不到，”我说，“我从来没有梦见过什么大瀑布。”

在我到南极亚拉之前，我确实没见过什么世面。连我们骑马穿过的森林也没见过，这确实是一片童话般的森林，漆黑、茂密，没有一条人工开拓的小路。人们骑着马穿行在树木之间，湿漉漉的树枝经常碰到人的脸。但我还是很开心。一切都很开心——看太阳从树干之间照射进来，听鸟儿歌唱，闻树木和花草散发的潮气以及马的气味儿。我最开心的当然是和约拿旦一起骑马啦。

林中的空气新鲜、凉爽，但是因为我们骑马赶路，所以觉得越来越热。我们将赶上一个很热的天，这一点已有预感。

我们很快把蔷薇谷抛在身后，进入密林。在周围长满高树的一块草地上，我们看见一栋灰色的小房子。在密林深处，谁能孤零零地住在那儿！但是有人住。烟囱在冒烟，外边有一两只山羊吃草。

“艾尔弗利达住在这儿，”约拿旦说，“如果我们求她，她大概可以给我们一点儿羊奶喝。”

我们得到了羊奶，我们要多少给多少，真是太好啦，因为我们走了很长的路，水米没打牙。我们坐在艾尔弗利达房子的台阶上，吃她给的羊奶，吃我们自己干粮袋里的面包和艾尔弗利达给我们的奶酪以及我从森林采集的野草莓。所有的东西都很好吃，我们吃得饱饱的。

艾尔弗利达是一个小老太太，胖胖的，很慈善，她一个人住在那里，与山羊和一只灰猫为伴。

“上帝保佑，我没住在那些围墙里面。”她说。

她认识很多住在蔷薇谷的人，她很想知道他们是否还活着，约拿旦只好告诉她。他讲的时候非常伤心，她也像绝大多数慈善的老年人那样，听了很悲伤。

“蔷薇谷遭了大难，”艾尔弗利达说，“降灾于滕格尔！降灾于卡特拉！只要他没有卡特拉，一切都会好起来！”

她用围裙挡住眼睛，我知道她哭了。

我已经不能再看别人哭了，所以我去采野草莓。但是约拿旦坐在那里，和艾尔弗利达谈了很长时间。

我一边采草莓一边思索。谁是卡特拉？卡特拉在什么地方？我什么时候才能知道呢？

后来我们来到河边。当时正值炎热的中午。太阳像一个火球挂在天空，河水闪闪发光，就像有成千上万的小太阳在闪亮。我们站在河岸的高坡上，看着脚下的河流，太壮观了！盘古河的河水奔腾而下，在卡尔玛瀑布激起千层浪花，我们能听到远方传来的咆哮水声。

我们想到河里洗个澡，凉快凉快。我们把格里姆和福亚拉尔放开，让它们自己在森林里的小湖里找水喝。我们顺着陡峭的山坡冲下去，一边跑一边脱衣服。岸边长满柳树，有一棵柳树把树干远远地伸到河上，树枝挂在水面。我们爬上树干，约拿旦教我，我应该怎么样抓住一根树枝，然后把身体浸到水里。

“但是千万不能松手，”他说，“因为你一松手，水就会以你想象不到的速度把你冲到卡尔玛瀑布去。”

我死死抓住，骨头节都发白了。我抓着树枝荡来荡去，让水拍打着我的身体。我洗澡从来没有洗得这样开心过，也没有这样冒险过。我感到卡尔玛瀑布在吸我的全身。

在约拿旦的帮助下，我重新爬到树干上，我们坐在一棵柳树的树冠中，就像坐在一间绿色的小房子里，在水上荡来荡去。河水在我们下面跳跃、嬉闹。它大概想把我们重新引诱下去，让我们相信一点儿也不危险。但是我只需要浸一浸脚指头，甚至连我的大拇脚趾都能感到要把我冲走的吸力。

正当我坐在那里时，无意间往岸上看了一眼，这时候我吓坏了。上边来了骑兵，手持长矛的滕格尔士兵。他们骑着马飞跑而来，但是由于河水的咆哮声使我们无法听到马蹄响。

约拿旦也看见他们了，但是我没看出他害怕。我们静静地坐在那里，等着他们过去。但是他们没有过去。他们停下来，跳下马，不知道他们想休息还是想做什么。

我问约拿旦：

“你认为他们是追你吗？”

“不是，”约拿旦说，“他们从卡曼亚卡来，到蔷薇谷去。在卡尔玛瀑布附近有一座吊桥，在绝大多数情况下滕格尔通过这条路调遣自己的军队。”

“但是他们可能不在这里停下来。”我说。

约拿旦同意我的看法。

“我确实不希望他们看到我，”他说，“不希望在他们脑袋里产生一些狮心的怪念头。”

我数了数，他们一共有六个人在高坡上。他们指着水，在争吵什么，尽管我听不清他们说的话。突然有一个人冲出来，赶着马沿山坡朝河边走来，几乎正对着我们，我很高兴我们在树上隐藏得特别好。

其他的人对着他喊叫：

“别玩命，帕克！你和马都会淹死！”

但是他——那个叫帕克的人——只是大笑，他回答说：

“我让你们见识见识！如果我不能到了峭壁再回来，我就请你们大家喝啤酒，我保证！”

这时候我们明白了他想做什么。

河中有一座峭壁突出水面。水流不停地冲刷它，所以只剩一段露出水面。当帕克骑马经过这里时，无意间看到了它，现在他想露一手。

“疯子，”约拿旦说，“他以为马可以逆流而上，游到峭壁上去！”

帕克已经脱掉头盔、斗篷和靴子，只穿衬衣和裤子骑在马背上，他企图强迫那匹马走到河里去，这是一匹漂亮的黑色小母马。帕克喊叫着，拼命往下赶它，但是母马不愿意，它害怕，这时候他打马，他没有马鞭子，他用拳头打马的脑袋。我听到约拿旦在哭泣，就像上次在广场上一样。

最后帕克总算如了愿。母马嘶叫着，吓得浑身冒汗，但是它还是跳进河里，因为那个疯子让它这样做。看到这一切真叫

人毛骨悚然，当水流淹没它时，它拼命挣扎。

“它会冲到我们这边来，”约拿旦说，“不管帕克使用什么手段——他永远无法使马到达峭壁！”

但是马试图那样做，它确实尽了很大力！啊，它是怎么样地拼搏，可怜的母马，当它感到河流比它更强大时，它是多么懊丧！

甚至帕克总算也明白了，现在对他来说生死攸关。他希望能回到岸上，但是他很快发现无法做到。啊，因为激流与他没有同感！激流要把他冲到卡尔玛瀑布，这是他自食其果。但是那匹母马，我真可怜它，它已经完全绝望。像约拿旦说的那样，他们被水冲下朝我们而来，并且很快就会经过我们面前而被冲走。我能看到帕克惊恐的眼睛，他知道他的下场。

我转过头来看看约拿旦在哪里，当我看见他的时候，我惊叫起来。因为他挂在树上，尽量把身体伸向水面。他双腿夹住树干，身体悬空，当帕克被水冲到他身下时，约拿旦一把揪住他的头发，然后使劲儿拉住他，使他能够抓住一根树枝。

然后约拿旦叫那匹母马：

“过来，小母马，到这儿来！”

它已经被水冲过去，但是它拼命朝他游过去。现在它的背上虽然没有讨厌鬼帕克了，然而它快要沉下去了，不过约拿旦还是想方设法抓住了它的缰绳，用力拉住它。这是一场生与死

的搏斗，因为河水并不想松手，它想把母马和约拿旦都拉下去。

我真的疯了，我对帕克喊道：

“快帮一把，你这个笨蛋，快帮一把！”

帕克已经爬到树上，他稳稳当当地坐在约拿旦身边，但是这个笨蛋唯一做出的帮助是弯下腰对约拿旦喊道：

“放下那匹马，知道吗？你！森林里还有两匹，我可以骑走其中一匹！你松手就行啦！”

我经常听说，人一生气就力大无比，从这个意义上说帕克毕竟帮了忙，约拿旦最终拉住了母马。

但是他随后对帕克说：

“你这个蠢货，你真的认为我救你的命就是为了让你偷走我的马吗？你知道害羞吗？”

帕克可能害羞了，我不是很清楚。他什么话没说，也没问我们是谁或者别的什么。

他匆忙地拉着自己可怜的母马朝岸上走去，很快他和其他人就不见了。

当晚我们在卡尔玛瀑布上方点燃了一堆篝火。我肯定任何时代、任何世界点燃篝火的地方也无法与我们的相比。

这是一个极不寻常的地方，我相信天上地下没有任何地方能像它那样既可怕又优美。有山有水有瀑布，宏伟、壮观。这一切又像进入了梦境，我对约拿旦说：

“你不要相信这是真的！这是亘古梦境的一部分，我保证是这样。”

我们站在桥上，这是滕格尔让人在把两国分开的河谷上建起来的吊桥。卡曼亚卡和南极亚拉分别位于盘古河的河两岸。

河谷里的河水在桥下奔腾咆哮，然后沿着卡尔玛瀑布飞流直下，让人看了惊心动魄。

我问约拿旦：

“人们怎么能够在这样深的河谷上架桥呢？”

“对呀，我也想知道，”他说，“建桥的时候，有多少人丧命？有多少人一声惨叫掉下去消失在卡尔玛瀑布里？这情况我也想知道。”

我哆嗦起来，我似乎听见惨叫声在山谷间回响。

我们现在离滕格尔的国家很近。我们能够看见桥的对面有一条小路蜿蜒在群山峻岭之中，那是卡曼亚卡国的盘古山的山脉。

“顺着那条路，你就可以走到滕格尔的城堡。”约拿旦说。

我哆嗦得更厉害了。但是我想，管他明天怎么样呢——反正今天晚上我总可以和约拿旦一起坐在篝火旁，这是我有生以来第一次。

我们的篝火在瀑布上方的一块大石头上，离桥很近。但是我背对着一切，我不想看通向滕格尔国家的那座桥，也不想看别的东西。我只想看在山谷间跳跃、闪亮的火光，这景象美丽，但也有点儿可怕。我看到了火光中约拿旦英俊、和善的面孔，看到马在稍远一点儿的地方休息。

“这堆篝火比我上次那堆强多了，”我说，“因为现在我和你在一起，约拿旦！”

只要约拿旦和我在一起，不管在什么地方我都有一种安全感。我为总算和约拿旦有了一堆共同的篝火而感到庆幸，我们生活在人间的时候讲过很多次篝火。

“篝火与童话的时代，你还记得你说过的这句话吗？”我问约拿旦。

“记得，我记得，”约拿旦说，“不过我当时并不知道南极亚拉有这么可怕的童话。”

“你相信会永远是这样吗？”我问。

他默默地坐了一会儿，眼睛盯着篝火，然后他说：

“不会，决战一旦过去，南极亚拉会重新变成这样一个国家，一切童话都是美丽的，生活清闲、简朴，像过去一样。”

篝火熊熊燃烧，借助火光我看见他疲倦而忧伤。

“不过决战，你知道吗，斯科尔班？决战最终将是一个死、死和死的可怕童话，不会是别的。因此一定要奥尔瓦领导这次战斗，而不是我，因为我不能杀人。”

“是这样，我知道你不能。”我想。然后我问他：

“为什么你要救帕克的命？那样做好吗？”

“我不知道这样做好还是不好，”约拿旦说，“但是有些事一定要做，不然就不是一个真正的人，而是一个庸夫，这话我过去跟你说过。”

“但是如果他知道你是谁的话，”我说，“他们会把你抓

起来!”

“可能，但是他们抓的将是狮心，而不是一个庸夫。”约拿旦说。

我们的篝火熄灭了，夜幕笼罩了群山。余晖使一切变得温柔、友善，但一闪就过去了，而后是漆黑、凝重的夜，人们只能听见瀑布的轰鸣，而看不到一点儿光亮。

我尽量靠近约拿旦，我们坐在那里，背靠着山，我们在黑暗中交谈。我不害怕，但是产生了一种奇怪的不安情绪。

“我们应该睡觉了。”约拿旦说。但是我知道我不可能睡着，我也不能说是因为这种不安的情绪才睡不着。也不是因为太黑或者别的什么原因，我不知道为什么，但毕竟约拿旦在我身旁。

这时候突然来了一道闪电、一声雷鸣，山峰震动起来。我们遇到了雷雨天气，我不知道自然界有没有这样的雷雨天气。惊雷带着巨大轰鸣从山顶滚滚而来，淹没了卡尔玛瀑布的响声，闪电交织在一起。有时候一切都被映成火红色，瞬间又变成一片漆黑，好像亘古之夜降临到我们头上。

一道闪电过来，比什么都更加可怕，只一瞬间它就照亮了周围的一切。

这时候，借助闪电的光亮，我看见了卡特拉。我看见了卡特拉。

第十三节

真的，我看见了卡特拉，后来的事我就不知道了，我像沉入深渊。当风暴过去、朝霞照亮了山头的时候我才苏醒过来。当时我躺在地上，头枕在约拿旦的膝盖上，我一想起当时的情景——在河的对岸，卡特拉站在卡尔玛瀑布上方的一个悬崖上——心里就充满恐惧。我想起来就难过，约拿旦竭力安慰我。

“它已经不在那里，它走啦。”

但是我一边哭一边问他：

“怎么会有像卡特拉这类东西？它是……怪物还是别的什么？”

“对，它是一个怪物，”约拿旦说，“一条母龙，由亘古留存下来的，它就是这样一种东西，跟滕格尔本人一样残忍。”

“他是从哪儿把它弄来的？”我问。

“它来自卡特拉山洞，人们都这样认为，”约拿旦说，

“有一次在亘古的夜里，它在洞里困了，一睡就是千千万万年，谁也不知道它在里边。但是有一天早晨它醒了，爬进滕格尔的城堡，对着所有的人喷射死亡火焰，那真是一个可怕的早晨。它爬到哪里，哪里的人就四处逃命。”

“它为什么不杀死滕格尔？”我问。

“没有，滕格尔穿过所有的大厅逃命。当它接近滕格尔的时候，滕格尔慌忙掏出号角召集士兵救命，但是当他吹响号角的时候……”

“出什么事啦？”我问。

“这时候它像一条狗一样爬到滕格尔身边。从那天起它就听命于滕格尔，它最怕滕格尔的号角，滕格尔一吹，它就服服帖帖的。”

天渐渐亮了。卡曼亚卡国的山头红得就像卡特拉火焰，我们现在就起程去卡曼亚卡。我很害怕，啊，我真是害怕极了！谁知道卡特拉在哪儿等待时机？它在哪儿？它住哪儿？如果它住在卡特拉山洞，奥尔瓦怎么能住那儿呢？我问约拿旦，他告诉我事情的原委。

卡特拉不住在卡特拉山洞。自从它醒来以后一直没有回过那里，滕格尔把它锁在卡尔玛瀑布附近的一个洞里。“它被一根金锁链锁在洞里，”约拿旦说，“只要滕格尔不把它带出来吓唬他要吓唬的人，它就待在那里。”

“我在蔷薇谷看到过它一次。”约拿旦说。

“当时你吓得喊叫起来了吧？”我问。

“对，我喊叫起来了。”他说。

我的恐惧感不断增加。

“我很害怕，约拿旦，卡特拉会杀死我们。”

他再一次设法使我平静下来。

“但是它被锁着。它不能到锁链长度以外的地方去，不会超过那个峭壁，就是你昨天看见它的那个地方。它几乎总是站在那儿，看着下面的卡尔玛瀑布。”

“它为什么总站在那儿往下看？”我说。

“我不知道，”约拿旦说，“它可能在找卡尔玛。”

“谁是卡尔玛？”我问。

“噢，只是艾尔弗利达这样说，”约拿旦说，“谁也没看见过卡尔玛，它根本不存在。但是艾尔弗利达说，很早以前它曾经住在卡尔玛瀑布里，卡特拉当时仇恨它，至今也忘不了。所以它站在那里往下看。”

“卡尔玛是谁呢？它怎么能住在那个鬼瀑布底下？”我问。

“它也是一个怪物，”约拿旦说，“艾尔弗利达说，它是一条巨蛇，它的长度与河的宽度一样。但你知道，这只不过是个古老的传说。”

“卡特拉不是传说，而卡尔玛大概也不是传说。”我说。

这个他没有回答，但是他说：

“你知道吗，当你到森林里去采野草莓时艾尔弗利达还讲了什么？她说，她小的时候人们经常拿卡尔玛和卡特拉吓唬小孩子。卡特拉山洞里的龙和卡尔玛瀑布里的巨蛇的童话她听过很多遍，她很喜欢这些童话，就因为惊险。艾尔弗利达说，这是一个人们在各个时期用来吓唬小孩子的古老童话。”

“那就让卡特拉待在自己的山洞，”我说，“继续当个童话好啦！”

“对，这也正是艾尔弗利达的看法。”约拿旦说。

我颤抖起来，这使我想到，卡曼亚卡是一个充满怪物的国家，我不愿意到那里去。但是我现在必须得去。

我们先得从干粮袋里掏点儿东西吃，尽管我们要为奥尔瓦省出一点儿。因为约拿旦说卡特拉山洞没东西可吃。

格里姆和福亚拉尔喝留在石头缝里的雨水。它们在山上吃得很不好，但是在桥边长着一点儿青草，当我们动身的时候，它们还是吃饱了。

我们通过桥，直奔卡曼亚卡——滕格尔的国家、怪物的国家。我害怕得直打哆嗦，我不大相信真有巨蛇，但是万一它突然从地下钻出来把我们弄到卡尔玛瀑布里撕成碎片可怎么办呢？还有卡特拉，它最使我害怕。它可能露着残酷的犬牙和带着死亡的火焰在滕格尔的河岸正等着我们呢，啊，我真是害怕死了！

但是我们走过桥时，我没有看见卡特拉。它没有站在峭壁上，我对约拿旦说：

“啊，它没有在那儿！”

然而它在那儿！只是没在峭壁上，它可怕的脑袋从路边的一块大石头后边伸向滕格尔的城堡。我们看到了它，它也看到了我们。这时候它发出一声山崩地裂的吼叫。它张着血盆大口，鼻孔里喷出一道道火焰。它暴跳如雷，用力撞击锁链，撞呀，撞呀，随后又吼叫起来。

格里姆和福亚拉尔被吓惊，我们差一点儿拉不住它们。我的恐惧也不在它们以下。我求约拿旦，我们返回南极亚拉。但是他说：

“我们不能背叛奥瓦尔！不要害怕，卡特拉够不到我们，不管它怎么样冲撞锁链也不行。”

“不过我们要尽快走，”他说，“因为卡特拉的吼叫是可以传到滕格尔城堡的信号，如果我们不能马上躲进山里，滕格尔士兵马上就会包围我们。”

我们骑马赶路，崎岖、狭窄和高低不平的山间小路在马蹄下迸发出一道道火星，我们为了甩掉所有的尾随者不得不东走一会儿西走一会儿。我时刻提防着身后奔驰而来的战马和呼喊而来的可能用长矛、弓箭和宝剑袭击我们的滕格尔士兵，但是没有人来。在卡曼亚卡的千山万壑中追踪一个人并非易事，被追的人很容易逃掉。

我们骑马走了很长时间以后，我问约拿旦：

“我们到哪儿去？”

“到卡特拉山洞，我想你是知道的。”他说，“我们已经快到了，卡特拉山已经在你眼前。”

啊，真是这样。在我们面前有一座低低的平坦山脉，陡峭的山坡直通山下。只有朝我们这个方向的坡比较平缓，如果我们愿意的话，我们会比较容易地爬上去。我们当然愿意，约拿旦说，我们必须翻过这座山。

“进口在河的对岸，”他说，“我必须到那里看看。”

“约拿旦，你真的相信我们某个时候能进到卡特拉山洞去？”我说。

他曾经对我讲过，巨大的铜门关着洞口，滕格尔的士兵日夜守卫着。仁慈的上帝啊，我们怎么能进去呢？

他没有回答。他只是说，我们要把马藏起来，因为马爬不了山。

我们把它们拉进卡特拉山山脚下一个隐蔽得很好的山缝，把行李和其他东西也放在那里。约拿旦抚摩着格里姆说：

“等在这儿，我们作一次侦察。”

我不喜欢去侦察。因为我不愿意离开福亚拉尔，但是不愿意也没用。

我们花了很长时间才爬上山顶，到了以后我感到很累。约拿旦说我们可以休息片刻，我立即躺在地上。约拿旦也躺下了，我们躺在卡特拉山山顶，头上是广阔的蓝天，身下就是卡特拉山洞。啊，想起来真有些怪，在我们身下的山里有一个可怕的山洞。山洞有各种走廊、巷道，很多人在那里受折磨或者死去。洞外边蝴蝶在阳光下飞来飞去，蓝天上飘浮着朵朵白云，我们四周长着鲜花和绿草。卡特拉山山顶竟然长着花、草，真够奇妙的！

我突然想到，有很多人已经死在卡特拉山洞，奥尔瓦可能也死了。我问约拿旦他相信不相信，不过他没有回答。他只是躺着，直视蓝天，我发现他在想其他的事。最后他说：

“如果卡特拉在卡特拉山洞睡了很长时间的觉是真的话，它醒来的时候怎么出去的呢？肯定是在此之前就有了铜门，滕格尔一直把卡特拉山洞当做监狱。”

“当卡特拉躺在里边睡觉的时候。”我说。

“对，当卡特拉躺在里边睡觉的时候，”约拿旦说，“根本没有人知道。”

我颤抖起来，我不能想象还有更可怕的事情。想想看，如果被关在卡特拉山洞，或者突然眼见一条龙爬出来，那有多么可怕！

但是约拿旦脑子里有其他的想法。

“它一定是从另一条路出来的，”他说，“这条路我一定要找到，即使找一年我也要找。”

我们没有休息很长时间，约拿旦已经没有心思，我们到了卡特拉山洞。过了山没多远，我们已经看见我们脚下的河流和对岸的南极亚拉，啊，我多么想念那里！

“看呀，约拿旦，”我说，“我看见了我们洗澡地方的柳树！那儿，在河的对岸！”

真想得到来自河水的问候，来自光明对岸的一次小小的绿色问候。

但是约拿旦示意我别说话，他担心有人听到。我们离那儿已经很近，卡特拉山以一座悬崖在这里结束。约拿旦说，我们脚下的半山腰有铜门关着的卡特拉山洞，不过我们从这儿看不到。

但是卫兵能看到我们。三个滕格尔士兵，我只要看见他们黑色的头盔，我的心就开始扑腾扑腾地乱跳。

我们一直爬上悬崖，以便看一看他们，只要他们向上一抬头，就可以看到我们。不过那些愚蠢的士兵不可能发现什么。他们根本不四处巡视，他们只顾坐在那里掷骰子，别的什么也不管。既然没有任何敌人能通过大门，他们何必要警卫呢？

突然我看见下边的大门开了，有人从大门走出来——又一个滕格尔士兵！他手里拿着一个空饭碗，接着他把碗放在地上。大门随后又关上，我们能听到他锁门的声音。

“啊，这是我最后喂这头猪。”他说。

其他的人笑起来，其中一个说：

“他已经知道了这个不寻常的日子——他生命的最后一天吗？你可以告诉他，今天晚上天一黑，卡特拉就会等着他。”

“告诉他啦，你们知道他怎么说？‘好啊，这一天终于来了’，他说。他请求往蔷薇谷寄一封问候信，那句话是怎么说的？‘奥尔瓦可以死，但是自由永远不会死’！”

“吻我。”另一个人说，“今天晚上他可以跟卡特拉说，他会听到它怎么回答。”

我看了看约拿旦。他气得脸色苍白。

“过来，”他说，“我们必须离开这里。”

我们尽可能迅速地悄悄爬下悬崖，当我们知道我们已经到了敌人的视野之外的时候，我们就跑了起来。我们一路奔跑，到了格里姆和福亚拉尔身边才停下。

我们坐在石头缝里的马旁边，因为现在我们不知道将做什么。约拿旦很沮丧，我无法安慰他，因为我也很沮丧。我知道他多么为奥尔瓦伤心，他原来以为他可以帮助奥尔瓦，但是现在他认识到已经帮助不了啦。

“奥尔瓦，我的好朋友，我永远也见不到你啦，”他说，

“你今天晚上将死去，南极亚拉的绿色山谷会怎么样呢？”

我们和格里姆、福亚拉尔共同吃了一点儿面包。我还想喝几口羊奶，我们上次省下一些没喝。

“现在别喝，斯科尔班，”约拿旦说，“今天晚上天黑了以后，我会把每一滴都给你。但是在此之前不行。”

我们长时间坐在那里，沉默、沮丧，最后他说：

“我知道，这如同大海捞针。但我们还是要争取。”

“争取，争取什么呢？”我问。

“寻找卡特拉出去的地方。”他说。

尽管他自己也不相信能做到，这一点看得出来。

“如果我们有一年时间的话，”他说，“那很有可能！但是我们只有一天。”

他刚刚说完，就发生了一件事。在我们坐的那个狭窄的石头缝里，紧靠山腰的地方长着几片繁茂的树丛，从树丛里跑出一只惊恐的狐狸。我们还没来得及看清楚，它已经从我们身边跑掉了。

“上帝啊，从哪儿跑出来一只狐狸？”约拿旦说，“我一定去看看。”

他消失在树丛后边，我坐在原地等他。但是他去了很长时间也没有动静，最后我变得不安起来。

“你在哪儿，约拿旦？”我喊着。

这时候我真的听到回答了，他显得很兴奋。

“你知道狐狸是从哪里跑出来的吗？从山里边！知道吧，斯科尔班，从卡特拉山里边，那里有一个很大的洞！”

可能早在远古时代一切就已经定下来，可能早在那个时候为了蔷薇谷约拿旦注定要成为奥尔瓦的救命恩人。可能有几位童话仙子为我们引路，而我们却不知不觉。不然的话约拿旦怎么能恰恰在我们藏马的地方找到进入卡特拉山洞的路？同样奇怪的是，在蔷薇谷所有的房子当中我正好来到马迪亚斯庄园，而没有到其他地方。

卡特拉爬出卡特拉山洞的路一定就是约拿旦找到的路。我们深信不疑，这是一个直通山腰的洞，洞一点儿也不大。“但是一条臃肿的母龙完全可以爬过去，”约拿旦说，“如果它睡了几千年以后醒来，发现通常的路被铜门关住了的话。”

我们爬过去也没问题！我朝着漆黑的洞里看。你知道里面有多少条龙还在睡觉？如果你进去，踩到它们身上以后，它们醒了怎么办？我在琢磨这些事。

这时候我感到约拿旦的手放在我肩膀上。

“斯科尔班，”他说，“我不知道在漆黑的洞里有什么东西在等待我，但是我现在一定要进到里面去。”

“我也要进去。”我说，尽管我的声音有些发抖。

约拿旦用食指抚摩我的脸颊，他有时候这样做。

“你真的不愿意在马旁边等我？”

“我不是说过吗？你到哪儿我跟到哪儿。”我说。

“对，你是说过。”他说，听他的口气他很高兴。

“因为我要跟你在一起，”我说，“就是下地狱也要去。”

这样的地狱就是卡特拉山洞。钻进那个黑洞就如同钻进一个可怕的、永远不会醒来的黑色梦境一样，就是从光明进入永恒的黑夜。

“整个卡特拉山洞不外乎是一个老死的龙窝，”我想，“亘古以来就充满邪恶。经过几千年龙蛋被孵化成龙，残酷的龙成群地从那里爬出去，把沿路的一切都杀死。”

一个这样的老龙窝正好被滕格尔用来做监狱，我一想到他在山洞里对人们犯下的罪行就浑身颤抖。我感到空气由于古老

邪恶的沉积而变得凝重起来。我好像听到在我们周围可怕的寂静之中有人在耳语。有人在山洞的深处小声说话，我听到了种种受折磨声、痛苦的哭泣和滕格尔的统治在山洞里造成的死寂。我本来想问一问约拿旦，他是否也听到了这些耳语，但是我没有问，因为这些可能仅仅是我的幻觉。

“好啦，斯科尔班，我们就要进行一次你将终生难忘的旅行。”约拿旦说。

他说得对。我们一定要通过整座山才能来到紧靠铜门前边的狱洞，奥尔瓦被囚在那里。“人们说‘卡特拉山洞’，就是指那个洞，”约拿旦说，“因为他们不知道还有其他的洞。”而我们也不知道确实可以通过地下到达那里，但是我们知道路很远。因为我们在山上曾经走过那段距离，但是仅靠我们手中的火把照明从漆黑的迷宫里爬过去不知道要困难多少倍。

啊，看火把的亮光在洞壁间跳动真让人觉得可怕。火把只能照亮我们周围一大片黑暗当中的一块很小很小的黑暗，因此使人感到光亮以外的一切东西更加可怕。“谁知道，”我想，“那里有没有趴满龙、蛇和怪物，说不定它们正在黑洞里藏着呢。”我也担心我们在迷宫里迷了路，但是约拿旦在我们经过的地方都用火把做了黑色的记号，所以我们能按原路找回来。

约拿旦说旅行，其实哪里是什么旅行。我们钻、爬、攀、游、跳、荡、拉、扯和撕，没有没干过的。多么不寻常的旅行！多么不寻常的山洞！有时候我们来到很大的山洞，就像大厅一样，一眼看不到边，我们只能通过回声知道它们有多大。有时候我们不能直接走过去，我们只得趴在地上像另外一条龙那样爬过去，有时候河挡住了去路，我们只得游过去。但最最可怕的是——有时候张着大嘴的深沟出现在我们的双脚前。我就差一点儿掉进一个这样的深沟里。我当时正举着火把往前走，在这千钧一发之际约拿旦抓住了我，但我的火把掉下去了。我们看到火把像一条火带子一样落下去，越来越深，越来越深，越来越深，最后完全消失了。我们完全被黑暗包围了，这是世界上最大、最可怕的黑暗。我吓得不敢动、不敢讲话、不敢思考，我竭力想忘掉我的存在，忘掉我在紧靠深渊的最黑暗处站着。但是我能听到在我身边的约拿旦的声音，最后他把我们带的另一个火把点燃了，这段时间内他都在和我讲话，讲呀，讲呀，非常沉着。我想，多亏他，我才没被吓死。

我们继续往前走，走了多久，我不知道。在卡特拉山洞的深处，人们不知道时间长短。好像我们已经到了永恒的世界，我又开始担心我们可能误事。可能已经到了晚上，可能洞外天已经黑了。而奥尔瓦……他现在可能已落入卡特拉的魔掌！

我问约拿旦信不信。

“我不知道，”他说，“但是如果你还聪明的话，现在就别考虑这些事。”

这时候我们到了一个狭窄、曲折的山洞里，看不到头，只是逐渐变窄、逐渐变挤。它的高度也变，宽度也变，直到我们几乎无法通过。最后它变成了一个洞，我们只好从那里钻过去。

但是在洞的另一面，我们突然到了一个很大的洞。究竟有多大，我们不知道，用火把的光看不到头。但是约拿旦试了试回声。

“喂，喂，喂。”他喊叫着，我们从很多方向多次听到“喂，喂，喂”的回声。

但是我们后来听到了别的声音，在很远的黑暗处有另一个声音。

“喂，喂，喂，”那个声音学着说，“你拿着火把和灯光，从那些奇怪的路上来到这里，想做什么？”

“我寻找奥尔瓦。”约拿旦说。

“你找的奥尔瓦在这儿，”那个声音说，“你是谁？”

“我是约拿旦·狮心，”约拿旦说，“我还带着我的弟弟卡尔·狮心。我们将救你出去，奥尔瓦。”

“晚啦，”那个声音说，“晚啦——不过还是得感谢你们！”

他还没有说完，我们就听到铜门吱的一声开了。约拿旦赶紧把火把扔在地上，用脚踩灭，然后我们静静地站在那里等待着。

一个滕格尔士兵手里拿着一盏灯走进门来。我暗暗落泪，不是因为我害怕，而是为奥尔瓦，他们恰恰在这个时候要把他带走，真是太残酷了！

“蔷薇谷的奥尔瓦，请你作准备，”那个滕格尔士兵说，“过一会儿你就将被送到卡特拉那里去。穿黑衣服来取人的士兵已经在路上。”

借助他的灯光我们看到一个用很粗的木头钉的大笼子，我们知道，奥尔瓦像动物一样被关在那里。

那个滕格尔士兵把灯放在靠笼子的地上。

“在你最后的时刻身边可以有一盏灯，这是滕格尔陛下规定的。目的是使你适应一下光亮，在你见到卡特拉的时候，你好能看清它。你大概愿意吧？”

他狂笑起来，而后走出大门。大门在他身后又吱的一声关上了。

这时候我们已经到了奥尔瓦的笼子旁边，我们在灯光中看清了他。真是目不忍睹，他几乎已经不能动了，但是他还是挣扎到笼子的栅栏旁边，把手伸向我们。

“约拿旦·狮心，”他说，“我在蔷薇谷时就久闻你的大名。现在你来了这里！”

“对，我现在来了这里。”约拿旦说，这时候我听到他为奥尔瓦的苦难小声哭了，但是他随后就掏出腰间的刀，用力砍木笼的栅栏。

“快来，斯科尔班！快帮忙！”他说，我也拿着刀冲过去。可是两把刀能起多大作用呢？我们要是有斧子和锯就好了。

但是我们仍然用力砍着，双手都出血了。我们一边砍一边流泪，我们知道我们来迟了。

奥尔瓦当然也知道，但是他不愿意相信没一点儿希望了，因为他在笼子里紧张得直喘粗气，有时候还小声说：

“快点儿！快点儿！”

我们照他说的干，手上的血直往下流。我们发疯似的砍着木笼，时时刻刻担心大门打开，穿黑衣服的士兵进来，那时候奥尔瓦、我们以及整个蔷薇谷都完了。

“他们要带走的不是一个人，”我想，“今天晚上卡特拉将得到三个人！”

我感到我已经坚持不了多久啦，我的双手不停地打战，甚至连刀都拿不住了。约拿旦气得大喊大叫，他被笼子上的栅栏的坚固气疯了，我们怎么砍它们都砍不断。他用力踢它们，一边喊叫一边踢，又砍又踢，突然咔嚓一声，啊，一根栅栏最后总算断了，然后又一根，断了两根就够了。

“现在好啦，奥尔瓦，现在好啦。”约拿旦说。但是奥尔瓦只喘了一声粗气作为回答。这时候约拿旦爬进笼子里，拖出双腿既不能站立也不能行走的奥尔瓦，而我也尽力帮助奥尔瓦。但是我走在前边，用灯照明，约拿旦朝着我们的救命洞用力拖奥尔瓦。他很累了，喘着粗气，啊，我们三个人就像被人追捕的野兽一样喘着粗气，当时我们有这种感觉，起码我有。

他是多么能干，约拿旦，他成功地将奥尔瓦拖过整个山洞，又奇迹般地带着这时已经半死不活的奥尔瓦钻过窄洞。我差不多也半死不活的——而现在该我钻窄洞了。但是我还没来得及钻，因为这时候我们听到远处的大门吱的一声开了，这时候我全身的力气好像一下子就流走了。我瘫在那里。

“快，快，灯。”约拿旦喘着粗气说，我把灯递给他，尽管我的双手在打战，灯一定要藏起来，因为一个小小的亮点儿就足以出卖我们。

穿着黑衣服来取人的士兵——这时候他们已经到了洞里。滕格尔的士兵手里也拿着灯，那里的灯光亮得可怕，但是我们这个角落很黑。约拿旦弯下腰，抓住我的手，通过窄洞口把我拉进后面的那个漆黑的洞里。我们三个人躺在那里喘气，听到有人喊：

“他逃跑啦！他逃跑啦！”

第十四节

夜里我们把奥尔瓦从地下送出来，当然是约拿旦干的。他把奥尔瓦拖出地狱，用别的话来形容都不确切。我只能拖我自己，差一点儿连自己都拖不出来。

“他逃跑啦！他逃跑啦！”他们喊叫着。我们默默地等待追兵。但是没有人来，即使一个滕格尔士兵也能估计出里边有一个能爬出卡特拉山洞的地洞，我们就是从那儿逃走的，而这个洞也不难找到。但是滕格尔的士兵都很胆小，他们成群结队时敢于攻击自己的敌人，但是他们当中没有一个人敢首先进入一个他们一无所知的敌人所在的窄洞。啊，很简单，他们过于胆小，否则他们会轻易放过我们吗？过去从来没有任何人从卡特拉山洞逃走过，我不知道他们将如何向滕格尔解释奥尔瓦越狱的事。“不过这是他们的苦恼，”约拿旦说，“我们有很多自己的苦恼。”

在我们完全走出那条漫长、狭窄的山洞之前，我们应该停下来喘口气，这对奥尔瓦来说非常必要。约拿旦给他山羊奶和面包吃，尽管羊奶已经变湿、面包已经发霉，奥尔瓦还是说：

“我从来没有吃过这样香的饭!”

约拿旦长时间地揉着奥尔瓦的双腿，以便使他的腿能够活动起来。后来他能稍微动一动，不过不能走，只能爬。

奥尔瓦从约拿旦那里知道了我们的行程，约拿旦问他，他是否愿意当夜赶路。

“当然，当然，当然，”奥尔瓦说，“就是爬我也要爬回蔷薇谷。我不想安静地躺在这里，等着滕格尔的猎狗到山洞里寻找我们。”

他已经显示出英雄本色。他不是一个被征服的囚徒，而是一个起义者、自由战士。蔷薇谷的奥尔瓦，当我在灯光中看见他的眼睛时，我立即就明白了，滕格尔为什么怕他。不管他身体多么虚弱，他的内心有一团熊熊烈火，就是因为这团火他才能熬过那个地狱之夜。因为世界上所有的夜晚都没有那个夜晚更可怕。

那个夜晚长得像是凝固了，并且充满危险。但是当人们过于疲劳的时候，什么也顾及不到了，就是猎狗来啦也顾不到了，啊，我肯定听到猎狗来了，它们还大声地叫，但是我顾不得害怕了，此外它们叫了一会儿就不叫了。不过我们爬的那条深沟就是猎狗真的来了也不敢钻进去。

我们在那里爬呀，爬呀，不知爬了多久，当我们最终爬到了阳光下的格里姆和福亚拉尔身边的时候，衣服爬破了，满脸是血，浑身是汗，真是累死了。夜已经过去，早晨已经来临。奥尔瓦伸出双臂，他想拥抱大地、蓝天和他看到的一切，但是双臂放下了，他已经睡着了。我们三个人困得瘫在地上，一直睡到天快黑了。是福亚拉尔用鼻子拱了我一下我才醒过来，它可能认为我睡的时间太长了。

约拿旦也醒了。

“天黑以前我们一定要离开卡曼亚卡，”他说，“天黑了以后我们就找不到路了。”

我们叫醒奥尔瓦。当他坐起来，看着周围的一切，明白了自己已经不在卡特拉山洞的时候，激动得热泪盈眶。

“自由了，”他小声地说，“自由了！”

他抓住约拿旦的手，长时间地握在自己的手里。

“是你使我重新获得了生命和自由。”他说，他还对我表示感谢，尽管我没有做什么，只是累赘而已。

奥尔瓦的感觉就像我摆脱了一切苦难和来到樱桃谷一样，我非常希望他也能够活着、自由地回到自己的山谷。但是我们还没有到达那里。我们仍然在卡曼亚卡的山中，成群结队的滕格尔士兵在追捕他。我们躺在石头缝里睡觉没被他们找到仅仅是运气。

我们坐在石头缝里，吃着剩下的最后一点儿面包。奥尔瓦不时地说着：

“想想看，该多好啊，我还活着！我自由了，我还活着！”

因为他是卡特拉山洞的囚禁者中唯一的幸存者，其他所有的人都成了卡特拉的牺牲品。

“但是有一点你们可以相信滕格尔，”奥尔瓦说，“我认为他不会让卡特拉山洞长期空下去。”

他的眼里又一次充满了泪水。

“噢，你——我的蔷薇谷，”他说，“你还要在滕格尔的压迫下叹息多久？”

在他囚禁期间南极亚拉山谷发生的一切事情他都想听。关

于索菲娅，关于马迪亚斯和约拿旦所做的一切，还有关于尤西的事情。当他得知是由于尤西他才长期在卡特拉山洞遭受折磨的时候，我真的相信他会在我们面前气死。过了很长时间他才恢复正常，重新可以讲话，他说：

“我的生命无关紧要。但是尤西的所作所为针对蔷薇谷，因此是不可饶恕的。”

“饶恕与否他都会受到惩罚，”约拿旦说，“你永远也不会再见到尤西！”

但是一股愤怒冲上奥尔瓦的心头。他想立即出发，恨不得当晚就去进行争取自由的战斗，他责骂自己的腿不听使唤。然而他尝试着，尝试着，最后总算站了起来。当他做给我们看的时候，他充满了自豪。那情景确实感人，他站起来，然后摇摇晃晃地走过来走过去，好像随时都会被风吹倒。谁看了都会笑起来。

“奥尔瓦，”约拿旦说，“一看就知道你是从卡特拉山洞远道逃来的囚犯。”

这话一点儿不假。我们三个人满身是污泥和血痕，特别是奥尔瓦，他的衣服都撕破了，整个脸都被胡子和头发盖着，人们只能看见他的眼睛——奇特、充满火一样激情的眼睛。

有一条小河从我们藏身的石头缝里流过，我们在那里洗去一切污秽和血痕。我一次又一次地把脸浸在清凉的水里，真舒服，就像洗掉了整个可怕的卡特拉山洞。

然后奥尔瓦用我的刀，剃掉很多胡子和头发，改变一下刚刚逃出来的囚犯形象。约拿旦从包里掏出滕格尔士兵用的头盔和斗篷，这些东西曾帮助他逃离蔷薇谷。

“这些个，奥尔瓦，穿上这些个东西，”他说，“这样他们就会相信你是一个滕格尔士兵，抓了两个俘虏，正要把他们带到什么地方去。”

奥尔瓦戴上头盔，穿上斗篷，不过他很不喜欢这些东西。

“这是你第一次也是最后一次看见我穿这些衣服，”他说，“这些衣服散发着压迫和残暴的气味。”

“管他散发着什么，”约拿旦说，“只要它能帮你回到蔷薇谷就行了。”

我们起程的时间到了。再过一两个小时太阳就要落山了，天一黑谁也无法在山中的危险小路上赶路。

约拿旦表情严肃。他知道什么在等待我们，我听见他对奥尔瓦说：

“我认为下边的一两个小时将决定蔷薇谷的命运。长时间骑马你吃得消吗？”

“行，行，行，”奥尔瓦说，“十小时也行，如果你愿意。”

他骑福亚拉尔，约拿旦帮他骑到马背上，他很快变成了另一个奥尔瓦。他在马鞍上与原来判若两人，变得非常强壮，啊，奥尔瓦是最勇敢、最强健的男子汉之一，就像约拿旦一样，只是我不够勇敢。我和约拿旦骑上马，我用双手抱住他的腰，脸靠在他的背上，这时候好像有一点儿力量从他身上流到了我的身上，我也不再害怕了。然而我仍然禁不住想，如果我们总是这样坚强、勇敢有多好啊。想想看，如果我们能够像在樱桃谷最初的日子里那样待在一起有多好啊，那好像是很久以前的事啦！

我们起程了。我们朝太阳落山的方向走去，我们要走到的桥在那边。卡曼亚卡山中的小路纵横交错，很容易迷路，除了约拿旦谁也无法搞清楚。他用一种奇特的办法认识，这使我们感到欣慰。

我的眼睛四处巡视、侦察滕格尔士兵，但是一个人影也没有。只有奥尔瓦戴着可怕的头盔、穿着黑色的斗篷骑着马跟在我们后边。我每次回过头看见他，心里都一跳，我对那种头盔和一切戴头盔的人已经形成条件反射。

我们骑着马向前走呀，走呀，什么也没有发生。我们经过的地方都是那样安宁、平静和美丽。“真可以称之为平静的山间夜晚。”我想。如果这种估计不出错误就好啦！但是什么东西都可能从这种安宁、平静中冒出来，我们感到异常紧张。约拿旦时刻警惕着，甚至感到不安。

“只要我们过了桥就好了，”他说，“不过那是最麻烦的。”

“要多长时间我们才能到那里?”我问。

“如果一切顺利的话，要半小时。”约拿旦说。

但是这时候我们看到了他们，一队滕格尔士兵，共有六个人，手持长矛，骑着黑马。他们出现在小路山腰的拐角处，正对着我们走来。

“现在是生死攸关的时刻，”约拿旦说，“冲着他们上去，奥尔瓦!”

奥尔瓦从我们身边疾驰而过，约拿旦趁势将缰绳扔给他，以便我们看起来更像俘虏。

这时候他们还没有发现我们，但是逃跑已经来不及了，也无处可逃。我们唯一能做的就是大模大样地朝他们骑过去，希望奥尔瓦的头盔和斗篷能骗过他们。

“我宁死不投降，”奥尔瓦说，“我希望你能知道，狮心！”

我们若无其事地朝我们的敌人骑过去。我们越来越靠近他们，我的后背直冒凉气。我想，与其我们现在被抓住，倒不如在卡特拉山洞时就被抓好了，免得我们无谓地受一长夜的罪。

我们相遇了。他们让马慢下来，以便能在狭窄的小路上错过我们。领头的是一个老熟人，他不是别人，正是帕克。

但是帕克不看我们，他只看奥尔瓦。

当他们一个接一个地过去以后，他问：

“你听说他们抓到他没有？”

“没有，我没有听说。”奥尔瓦说。

“你到哪儿去？”帕克问。

“我抓了两个俘虏。”奥尔瓦说，更多的情况帕克没有得到。然后我们尽可能快地继续前进。

“回头看看，别让他们发现，斯科尔班，看他们在做什么。”约拿旦说，我照他说的回头看了看。

“他们骑得很快。”我说。

“谢天谢地。”约拿旦说。

但是他高兴得太早啦，因为这时候我看见他们停了下来，一齐从远处看我们。

“他们想到了什么。”约拿旦说。

很明显是这样。

“停一下，”帕克喊道，“喂，我想仔细看一下你和你的俘虏！”

奥尔瓦气得直咬牙。

“快跑，约拿旦，”他说，“不然我们就没命啦！”

我们向前飞奔。

这时候帕克和他的同伙都掉转了马头。啊，他们掉转了马头，追赶我们，他们马的马鬃在空中飞舞。

“格里姆，现在到了考验你的时候了。”约拿旦说。

“还有你，我的福亚拉尔。”我想。我多么渴望我自己骑着它啊！

比格里姆和福亚拉尔跑得更快的坐骑是没有的，啊，它们在小路上奔驰，它们知道现在到了生死关头。追兵跟在我们后面，我们能听到嘚嘚的马蹄声，时远，时近，但穷追不舍。因为现在帕克已经知道他追的是谁，没有一个滕格尔士兵想放过这样一个战利品，这是一个可以奉献到城堡里滕格尔眼前的战利品。

我们飞驰过桥的时候，他们就在我们身后，还向我们射了几支箭，但是没有射中我们。

现在我们已经到了南极亚拉一边，约拿旦说过，过桥是最麻烦的。但是我没有发现过了桥就太平无事，恰恰相反，他们仍然沿着河追赶我们。小路在河岸的山坡上蜿蜒向前，直通蔷薇谷，我们在那条路上拼命往前跑。这条路我们曾在一个夏天的夜晚走过，离现在可能有几千年了，当时我和约拿旦在夕阳中骑着马，悠然地走向我们第一堆篝火点燃的地方，我们也是沿着河边走，不像现在这样匆忙，马都快摔倒了。

奥尔瓦骑着马发疯似的跑着，因为现在他是回蔷薇谷的家。约拿旦跟不上他，帕克也比我们跑得快，我不知道为什么。最后我总算明白了，是我的原因。世界上没有比约拿旦更快的骑手，如果马背上只有他一个人的话，谁也追不上他。但是现在他自始至终要考虑我，这就束缚了他的手脚。

“这次行程将决定蔷薇谷的命运。”约拿旦曾经这样说。

结果会怎么样，将由我决定，真是太可怕了！结果将是灾难性的，我已经越来越注意到，我每次回过头朝后边看的时候，那些黑头盔都离我们又近了一点儿。有时候他们被一个山坡或者被几棵树挡住了，然后再次出现，离我们越来越近。

像我一样，约拿旦知道得一清二楚，我们无法脱身，他和我。很有必要让约拿旦逃走，我不能因为我而让他被抓住。因此我说：

“约拿旦，现在照我说的去做！到一个拐弯处放下我，别让他们看见！务必跟上奥尔瓦！”

他一开始有些吃惊，这我发现了，但是表情和我差不多，不是特别吃惊。

“你真敢这么做吗？”约拿旦问我。

“不敢，但是我只能这样做了。”我说。

“勇敢的小斯科尔班，”他说，“我会回来接你。一旦我把奥尔瓦安全地护送到马迪亚斯那里，我就回来。”

“你保证吗？”我说。

“保证，你相信吧。”他说。

这时候我们已经到了我们曾经洗澡的那棵柳树旁边，我说：

“我藏在那棵树里。请你到那里接我！”

我还没来得及多说，就到了不会被人看见的山冈后边，约

拿旦勒住马，我跳了下来，然后他扬鞭跃马而去。我迅速滚到旁边的一个坑里。我躺在那里，听着追兵嘚嘚而过。我还瞥了一眼帕克愚蠢的脸。他紧咬牙关，就好像要咬碎一样——而他就是被约拿旦救过命的人！

但是现在约拿旦已经追上了奥尔瓦，我看见他们一同消失在远方，我对此感到欣慰。“快骑吧你，小帕克，”我想，“如果你认为有用的话！奥尔瓦和约拿旦你是再也看不见啦。”

我躺在坑里，直到帕克和他的同伙也看不见为止。这时候我朝河边和我的树走去，爬进绿色的树冠，然后躺在一个绿色的树杈上是很舒服的，因为我已经很累了。

靠近树的河里停着一只小船，不停地撞击着岸边。它一定是从上游断缆以后漂到这里来的，因为它没有被缆绳拴着。“谁丢了这只船。他肯定很伤心。”我想，啊，我坐在那儿一边瞎想一边朝四周看。我看着咆哮的河水，看着河中的那块巨石，“上次应该让畜生帕克坐在上边。”我想。我看到了对岸卡特拉山脉。我想着，怎么会有人到那里去，把其他的人关进那些可怕的山洞呢？我也想起了奥尔瓦和约拿旦，我的心很难过，我祝愿他们在帕克赶上之前顺利通过我们挖的地道。我想象着当马迪亚斯在密室里找到奥尔瓦的时候，他会说些什么，他将会怎样地高兴，我想着那里的一切。

但是天开始暗下来，直到这时候我才意识到，我可能要整夜待在那里。天黑以前，约拿旦赶不回来。真有点儿可怕。一种不安的情绪随着夜晚的到来油然而生，我感到孤单。

这时候我突然看见一位女士骑着马来到河岸的山坡上。她不是别人，正是索菲娅。一点儿不错，来人正是索菲娅，我从来没有比这个时刻看到她更高兴了。

“索菲娅，”我高声喊，“索菲娅，我在这儿！”

我爬出树冠，挥动着双手。但是过了好一阵子我才使她相信，确实是我。

“啊呀呀，卡尔，”她喊叫着，“你怎么到那儿去啦？约拿旦在哪儿？等着，我们到你那边去，顺便让马喝点儿水。”

这时候我看见她身后有两个男人，也骑着马。我先认出其中一个，他是胡伯特。另一个一时没看清，但是他又向前骑了几步，我看清了他，他是尤西。

但是他不可能是尤西——我开始怀疑，我是不是疯啦，或者看花了眼。索菲娅不可能带尤西来！究竟什么地方出了差错？是索菲娅也疯啦，还是我仅仅在梦中梦见尤西是个叛徒？不对，不对，我不是在做梦，他就是叛徒！我也没有花眼，他来啦，会发生什么事？天啊，会发生什么事？

他在晚霞的余晖中骑着马朝河边走来，他老远就跟我开玩笑：

“噢呀，你们看那个小卡尔·狮心，见到你非常高兴！”

他们三个人都过来啦。我静静地站在河边，带着脑子里唯一的想法等待着：天啊，会发生什么事？

他们下了马，索菲娅跑过来，把我抱在怀里。她很高兴，眼睛放着兴奋的光。

“你又在外边打狼吗？”胡伯特一边说一边笑起来。

但是我直愣愣地站在那里。

“你们要到哪儿去？”最后我总算挤出了这句话。

“尤西想告诉我们，从哪儿突破围墙最好，”索菲娅说，“战斗打响的那天，我们一定要心中有数。”

“对，我们一定要做到这一点，”尤西说，“在发起进攻之前，我们要有一个明确的计划。”

我思绪万千，“至少你已经有了明确的计划。”我想。我已经知道他为什么来，他要诱骗索菲娅和胡伯特上圈套。如果没有人阻止他，他就要把他们直接引向毁灭的深渊。“但一定要有人阻止他。”我想。现在我明白了：天啊，一定得是我才能阻止他！机不可失，时不再来！不管我多么讨厌这样做，但是现在我必须如此。然而怎么开始呢？

“索菲娅，比安卡好吗？”最后我问。

这时候索菲娅显得很难过。

“比安卡一直没从蔷薇谷飞回来，”她说，“不过你有约拿旦的消息吗？”

她不愿意谈论比安卡，但是我已经明白我想要知道的情况。比安卡已经死啦，正因为这个原因，索菲娅才带着尤西到这里来，她没有得到我们的信件。

如果我有约拿旦的消息，尤西也想听一听。

“他大概一直没有被抓住。”他说。

“没有，他没有被抓住，”我一边说一边用眼睛盯住尤西，“他已经从卡特拉山洞救走了奥尔瓦。”

这时候尤西的花红脸变得苍白，并且瞠目结舌，但是索菲娅和胡伯特拍手称快。啊，他们高兴得欢呼起来！索菲娅再一次拥抱我，而胡伯特说：

“这是你带来的最好的消息。”

他们想知道整个事情的来龙去脉，但是尤西不愿意听，因为他还有要紧的事要做。

“我们以后再听吧。”他说，“天黑之前，我们应该到达目的地。”

“对，因为滕格尔的士兵正等着他们上钩。”我想。

“过来，卡尔，”索菲娅说，“我们可以一同骑我的马，你和我。”

“不，”我说，“你不能和那个叛徒一起骑马去什么地方！”

我指着尤西说。我相信他会杀死我，他用粗大的手掐住我的脖子，并吼叫着：

“你在胡说什么！再说一个字我就要了你的命。”

索菲娅让他放开我，但是她对我很生气。

“卡尔，无中生有地叫一个人叛徒是不好的。但是你还小，不知道你刚才说的话的分量。”

而胡伯特，他笑了一下。

“我相信，我就是那个叛徒吧？是我知道很多情况，喜欢白马或者还有什么其他东西，都写在你们家厨房的墙上吧？”

“啊，卡尔，你四处树敌，”索菲娅严厉地说，“别再出口不逊了！”

“我请求你原谅，胡伯特。”我说。

“好，那么尤西呢？”索菲娅说。

“我管一个叛徒叫叛徒是不会请求原谅的。”我说。

但是我无法使他们相信我。当我认识到这一点的时候，觉得很可怕。他们想跟着尤西去，不管我怎么样试图阻止，他们都执迷不悟。

“他想引你们上圈套，”我喊叫着，“我很清楚！我很清楚！请你们问问他，关于他在山上经常碰头的维德尔和卡德尔的情况！问问他，他是怎么出卖奥尔瓦的！”

尤西想再次向我冲过来，但是他克制了自己。

“我们是去看看呢？”他说，“还是仅仅因为这个孩子的谎话而甘冒一切风险呢?”

他看了我一眼，目光里充满仇恨。

“我过去喜欢你。”他说。

“我过去也喜欢你。”我说。

我看得出在愤怒中他是多么害怕。他确实急不可待，他一定要在真相大白之前让索菲娅中圈套和被抓住，不然他就没命了。

对他来说使索菲娅继续蒙在鼓里是何等容易。她相信尤西，这是她的一贯态度。而我呢，先骂这个，后又骂另一个，她怎么能相信我呢?

“你过来，卡尔，”她说，“我以后再跟你一起调查这件事。”

“如果你跟尤西一起去，就没有什么‘以后’了。”我说。

这时候我哭了。南极亚拉不能失去索菲娅，我站在这里却无法救她，因为她执迷不悟。

“你过来，卡尔。”她再次固执地说。

但是恰好在这个时候我想起了一件事。

“尤西，”我说，“解开你的衬衣，让他们看看你前胸上的东西!”

尤西的脸色变得苍白，甚至索菲娅和胡伯特都不会不注意到，他把手放在前胸，好像要保住什么。

大家沉默不语。但是后来胡伯特粗声粗气地说：

“尤西，照这个孩子说的做！”

索菲娅静静地站在那里，长时间地看着尤西，但是他把目光移开了。

“我们没有时间啦。”他一边说一边想骑马溜走。

索菲娅的目光严峻起来。

“没那么忙，”她说，“我是你的领导者，尤西，把你的前胸给我看看！”

这时候谁看到尤西都会觉得可怕。他站在那里，呼吸急促，浑身瘫软，心慌意乱，不知道是跑还是留。索菲娅走到他跟前，他用胳膊推开了她，但是他没有得逞。索菲娅狠狠抓住他，撕开了他的衬衣。

在他的前胸烙着卡特拉标记—— 一个龙头，像血一样闪着光。

这时候索菲娅的脸变得比尤西的脸还苍白。

“叛徒，”她说，“让灾难降临于你，你的作为是反对南极亚拉山谷！”

尤西终于原形毕露，他一边骂一边冲向自己的马，但是胡伯特已经站在那里，挡住了他。这时候他转过身来，慌忙找别的路逃走。他看到了那只船，他一个箭步蹿过去，立即就到了船边，索菲娅和胡伯特刚到河边，他已经顺流而下。

这时候他大笑起来，这是一种令人作呕的笑。

“我一定要惩罚你，索菲娅，”他喊叫着，“当我作为樱桃谷的酋长回来时，我会严厉惩罚你。”

“你这个倒霉的疯子，你永远也回不了樱桃谷啦！”我想，“除了卡尔玛瀑布你别的地方哪儿也去不成。”

他试图用桨划船，但是汹涌的浪涛把船抛来抛去，好像要把它摔得粉碎。浪花从他手里冲走了双桨，一个急浪把他掀到水里。这时候我哭了，想救他的命，尽管他是个叛徒，但是据我所知尤西已经没救了。站在夕阳的余晖里，看着尤西孤独而可怜地挣扎在旋涡中，真使人觉得可怕和忧伤。我有一次看到他被水翻到浪尖上，而后又沉到水底。后来我再也没看到他。

天差不多已经全黑了，盘古河的河水吞没了尤西，把他冲向卡尔玛瀑布。

第十五节

大家盼望已久的决战的日子最后终于来了。这一天风暴袭击了蔷薇谷，大树被吹弯被折断。但是这不是奥尔瓦说的这种风暴，他说：

“自由的风暴一定要到来，它将消灭压迫者，就像树被折断被吹倒一样。它将以雷霆万钧之势横扫奴隶枷锁，使我们最终重新获得自由！”

他是在马迪亚斯的厨房里说这番话的。人们偷偷地到那里，看望他，听他讲话，啊，他们希望看一看他和约拿旦。

“你们两位是我们的安慰、我们的希望，你们是我们的一切。”他们说。他们在晚上偷偷地来到马迪亚斯庄园，尽管他们知道这有多么危险。

“因为他们想听一听自由斗争风暴，就像孩子想听童话一样。”马迪亚斯说。

他们脑海里想的和心里盼望的唯一的事情就是决战的日

子，因为奥尔瓦逃出来以后，滕格尔比过去更加残暴。他每一天都想出折磨和惩罚蔷薇谷的新花样，因此他们也比任何时候更加仇恨他，山谷里人们制造的武器也越来越多。

有越来越多的来自樱桃谷的自由战士前来援助，索菲娅和胡伯特在地处深山老林的艾尔弗利达家里建立了一个军事营地。有时候索菲娅夜里通过地道来马迪亚斯的厨房，她、奥尔瓦和约拿旦在那里制订作战计划。

我躺在床上听他们讨论，因为我现在在马迪亚斯家的厨房的沙发上有了床位，奥尔瓦也必须有秘密房间。而每一次索菲娅来，她都要说：

"那是我的救命恩人！我没有忘记感谢你吧，卡尔？"

这时候奥尔瓦总是说我是蔷薇谷的英雄，但是我会想起激流中的尤西，每当这个时候我也很伤心。

索菲娅还负责向蔷薇谷运送面包。人们带着面包从樱桃谷出发，越过崇山峻岭，通过秘密地道，来到马迪亚斯庄园，然后马迪亚斯背着面包到各个庄园里秘密分发。我过去不知道，人们为得到一点儿面包也会欣喜若狂。现在我亲眼看见了，因为我跟马迪亚斯一块儿去的，我看到山谷的人们怎么样兴致勃勃地听他们讲即将到来的决战的日子。

我自己对这一天有些焦虑，但是最后我也开始盼望这一天早点儿到来。因为在那里干等也让人觉得难以忍受，约拿旦说等也有危险。

“人们不可能长时间保密，”他对奥尔瓦说，“我们的自由梦想很容易被粉碎。”

他说的当然有道理，只需要一个滕格尔士兵找到地道或者再搞新的搜查，从密室里发现约拿旦和奥尔瓦就够了。我一想到这一点就打寒战。

但是滕格尔的士兵肯定不是瞎子就是哑巴，不然他们会发现蛛丝马迹。如果他们不是一无所知的话，他们肯定会听到震撼整个蔷薇谷的自由风暴已经开始发出闷闷的雷声。但是他们一点儿也没有发现。

决战前夕我躺在沙发上无法入睡，一方面是因为外边闷闷的雷声，另一方面是因为不安的情绪。第二天黎明战斗就要打响，这一点已经定下来。奥尔瓦、约拿旦和索菲娅坐在桌子旁边谈论着此事，我躺在沙发上听。奥尔瓦讲得最多，他讲呀，讲呀，他的眼睛里燃烧着激情，他比任何人都更加渴望黎明的到来。

根据他们的谈话，我知道战斗将这样进行。人们将首先消灭围墙大门和河边大门的守敌，以便为索菲娅和胡伯特打开大门，他们将率领各路人马冲进来，索菲娅通过城墙大门，胡伯特通过河边大门。

“然后我们同生或者同死。”奥尔瓦说。

“必须神速，”他说，“在滕格尔带着卡特拉赶到之前，一定要把蔷薇谷从滕格尔的士兵手里解放出来，然后关上大门，因为没有任何武器可以对付卡特拉，只有通过饿死的办法战胜它。”奥尔瓦说。

“不管是长矛还是弓箭，或者是宝剑，都奈何不得它。”他说，“他身上的一点儿火焰就足以使任何人瘫痪或死亡。”

“但是如果滕格尔带着卡特拉待在自己的山里，解放蔷薇谷又有什么用呢？”我问，“他可以借助卡特拉再次征服你们，就像第一次一样。”

“他已经修了一堵围墙保护我们，不要忘记这一点，”奥尔瓦说，“围墙可以挡住怪物！滕格尔还挺够朋友！”

奥尔瓦说，此外我也不必再害怕滕格尔啦。当晚他、约拿旦、索菲娅和很多其他人将潜入滕格尔城堡，在滕格尔知道蔷薇谷举行起义的消息之前，号召他的卫兵杀死他。然后就把卡特拉锁在自己的洞里，直到它变得虚弱、饥饿，最后人们把它打死。

“用其他的办法都无法消灭这个怪物。”奥尔瓦说。

然后他们又讲到怎么样神速地从滕格尔士兵的手中解放蔷薇谷的问题。这时候约拿旦说：

“解放，你的意思是杀死他们？”

“对，除此以外我还能有别的意思吗？”奥尔瓦说。

“不过我不能杀死任何人，”约拿旦说，“这你是知道的，奥尔瓦！”

“关系到你的生命时也不杀？”奥尔瓦问。

“不杀，即使那样也不。”约拿旦说。

奥尔瓦不能理解，甚至马迪亚斯也不理解。

“如果大家都像你一样，”奥尔瓦说，“那么罪恶就将永生永世进行统治！”

但是这时候我说，如果大家都像约拿旦，也就没有什么罪恶啦。

然后我整整一个晚上没再讲一句话，除了马迪亚斯进来拍

我睡觉时以外。这时候我小声地对他说：

“我害怕，马迪亚斯！”

马迪亚斯抚摩着我说：

“我也害怕！”

但是约拿旦还是答应了奥尔瓦的要求。他将骑在马上挥舞战旗，鼓舞其他人去做他不能或者不愿意做的事情。

“蔷薇谷的人民一定要看到你，”奥尔瓦说，“他们一定要看到你和我，我们两个。”

这时候约拿旦说：

“好，如果我一定要这样做，我只好听命啦。”

但是我借助厨房里唯一点燃的一盏灯的灯光看到他的脸是多么苍白。

当我们从卡特拉山洞回来的时候，我们只得将格里姆和福亚拉尔寄养在森林里的艾尔弗利达家里。但是决战那天索菲娅将带着它们从大门冲进去，这件事就这样定了。

我做什么也已经定下来。我什么都不做，只是等着一切都过去，这是约拿旦说的，我将孤零零地坐在厨房里等。

那一夜谁也没睡多大一会儿。

啊，早晨和决战的一天来啦，哎呀，整个一天我的心都很沉痛！我看到鲜血四溅，听到凄惨的叫声，因为他们就在马迪亚斯庄园外边的草地上厮杀。我看到约拿旦在那里四处奔驰，风暴撕着他的头发，他的周围刀光剑影，飞箭如雨，喊叫声连成一片。我对福亚拉尔说，如果约拿旦死了，我也不想活啦。

啊，我把福亚拉尔留在厨房里。我不愿意让任何人知道，但是我一定要把它留在我的身边。我不能孤身一人待在那里，那样不行。福亚拉尔也通过窗子看着外边草地上发生的一切，这时候它嘶叫起来。我不知道它是想出去和格里姆在一起呢，还是像我一样害怕啦。

害怕，我害怕……怕，害怕！

我看见维德尔倒在索菲娅的长矛下，卡德尔死在奥尔瓦的宝剑下，都迪克和很多其他人都倒下去了，他们东倒西歪。约拿旦有时候就在他们当中奔驰，风暴撕着他的头发，他的脸变得越来越苍白，我的心变得越来越沉重。

战斗结束了！

这一天蔷薇谷充满喊叫声，但是没有相同的。

在酣战中通过风暴传来了号角，有人喊道：

“卡特拉来啦！”

然后传来吼叫声——大家都熟悉的卡特拉饥饿的叫声。这时候宝剑放下了，长矛、弓箭和其他武器也都不动了，因为他们知道这些东西都无济于事了。整个山谷人们只能听到风暴的吼声、滕格尔的号角和卡特拉的叫声。卡特拉喷出的火焰横扫滕格尔用手指的一切。他指呀，指呀，他罪恶的脸由于残忍而发青，我知道蔷薇谷的末日到了！

我不愿意看，我不愿意看……什么都不看。只想看约拿旦，我一定要知道他在哪儿。我在紧靠马迪亚斯庄园的外边看到了他。他骑在格里姆的背上，脸色苍白，一动不动，风暴撕着他的头发。

“约拿旦，”我喊着，“约拿旦，你听见了吗？”

但是他没有听见。我看见他用力夹马，然后像箭一样顺着山坡飞奔下去，天上地下没有人比他更快了，这我是知道的。他朝滕格尔飞去……经过他的身边……

后来号角重新吹起，但是现在是约拿旦在吹。他已经从滕格尔的手里抢过来号角，他用力吹着，号角声在空中回响。目的要使卡特拉知道，它有了一位新主人。

山谷重新恢复了平静，甚至风暴都停了，大家默不作声，只是等待。滕格尔被吓疯了，他也坐在马背上等待着，卡特拉也等待着。

约拿旦又一次吹起号角。

这时候卡特拉吼叫起来，愤怒地转向它过去曾经听命的那个人。

“滕格尔的末日迟早会来。”我记得约拿旦曾经这样说过。

这一天终于来了。

蔷薇谷决战的一天结束了。很多人为了自由献出了生命。啊，他们的山谷现在自由了，但是长眠在那里的人们已经不知道了。

马迪亚斯死了，我再也没有爷爷了。胡伯特死了，他是第一个倒下的。他一直没有能进入河边的大门，因为他在那里与滕格尔和他的士兵遭遇了，但是最主要的原因是他遇到了卡特拉。滕格尔这一天恰巧带着卡特拉为了奥尔瓦逃跑的事而最后一次惩罚蔷薇谷。他并不知道这一天是决战的日子，然而当他知道了以后，对卡特拉就在身边感到非常得意。

但是腾格尔现在死了。滕格尔，像其他很多人一样死了。

“折磨我们的人已经没了，”奥尔瓦说，“我们的孩子可以自由、幸福地生活。蔷薇谷很快就会与过去一样。”

但是我想，蔷薇谷永远也不会与过去一样了，对我来说不会一样。没有马迪亚斯了，永远也不会一样了。

奥尔瓦的背上被砍了一宝剑，但是他似乎没有感觉到或者根本不在乎。他的眼睛好像仍然在燃烧，他对山谷里的人说：

“我们将重新幸福起来。”他一遍又一遍地说。

这一天蔷薇谷有很多人在哭泣，但是奥尔瓦没有哭。

索菲娅活着，她没负一点儿伤。现在她要回樱桃谷了，她和她没有牺牲的战友要回家了。

她来到马迪亚斯庄园外边向我们告别。

“马迪亚斯生前住在这里。”她一边说一边流泪，然后她拥抱约拿旦。

“你要尽快回骑士公馆去，”她说，“在我重新看到你以前，我会时刻想念你。”

然后她看着我。

“你，卡尔，先跟我回去吧？”

“不，”我说，“不，我跟着约拿旦！”

我担心约拿旦让我跟索菲娅一起回家，但是他没有。

“我喜欢带着卡尔。”他说。

卡特拉趴在马迪亚斯庄园外面的草地上，就像一堆可怕的泥。它一声不吭，因为它已经喝饱了人血。它不时地看着约拿旦，就像一条狗要知道主人的意图一

样。它现在谁也不伤害，但是只要它待在那儿，恐惧就会笼罩着蔷薇谷。没有人敢高兴，“只要有卡特拉在，蔷薇谷既不能欢庆自由，也不能悼念死者。”奥尔瓦说。唯一能够把它领回洞里的是约拿旦。

“你愿意最后再帮助蔷薇谷一次吗？”奥尔瓦问，“如果你把它领到那里锁上，时机成熟的时候，剩下的事由我解决。”

“可以，”约拿旦说，“我愿意最后再帮你一次，奥尔瓦！”

怎样沿着河边走我当然知道。正确的方法是骑着马慢慢往前走，看着河水奔流而下，看着粼粼碧波，看着柳枝在风中飘舞，脚后跟着一条龙我就不知道该怎么走了。

但是我们还是走过去了。我们听到身后龙的沉重的脚步声。扑腾，扑腾，扑腾，扑腾，它走的时候发出这种可怕的声音，格里姆和福亚拉尔被吓惊了，我们几乎拉不住它们。约拿旦不时地吹那个号角，那个声音太难听了，卡特拉肯定也不喜欢听，但是当它听到的时候，它必须服从，这是整个旅途中唯一使我感到欣慰的。

我们彼此不说一句话，约拿旦和我，我们尽量往前赶路。天黑之前约拿旦一定要把卡特拉锁进洞里，它将在那里死去。以后我们将不会再看到它，我们一定会忘记一个叫卡曼亚卡的国家。盘古山的山峰将永远屹立在那里，但是我们将不会再走那里的路，约拿旦向我保证过。

傍晚时一切变得很安静，风暴停了，代之以宁静、温暖的夜晚。太阳落山时，晚霞映红了天际。“在这样美丽的黄昏沿着河边骑马是不应该害怕的。”我想。

但是我在约拿旦面前没有显出来，我的意思是我没有显示出害怕。

最后我们到了卡尔玛瀑布。

“卡曼亚卡，你是最后一次看见我们。”当我们骑马过了桥的时候约拿旦说。

卡特拉看见了河对岸自己的那块峭壁，它当然想回到那里去，因此它发出了急切的叫声。这叫声正对着格里姆的屁股，它本来不应该这样叫。

意外的事情发生了，格里姆被吓惊了，直朝桥栏杆撞过去。我叫了起来，因为我觉得约拿旦肯定会头朝下摔进卡尔玛瀑布里。他没有摔下去，但是号角脱手而出，掉进滚滚的河水里。

卡特拉残暴的眼睛看到了所发生的一切，它知道现在已经没有可以制伏它的主人。这时候它吼叫起来，熊熊烈火从它的鼻孔里喷出来。

啊，我们快马加鞭赶快逃命！我们拼命跑，我们拼命跑！先过了桥，然后奔向通往滕格尔城堡的小路，卡特拉跟在我们后边吼叫着。

这条小路蜿蜒而上，就像镶嵌在盘古山的群峰之中。我们从一个高坡奔向另一个高坡，后边跟着卡特拉，就是在梦中也没有这么惊险。它就在我们屁股后边，它喷出的火焰差点儿舔着我们。真讨厌，有一股火焰吹得离约拿旦很近。在可怕的一瞬间我相信他被烧伤了，但是他喊起来：

“别停下！快骑！快骑！”

可怜的格里姆和福亚拉尔，卡特拉使它们受到吓惊，为了摆脱它，它们跑得几乎心都滴血了。它们沿着山路奔跑，穿过一道道弯一座座坡，汗水淋漓，加快，再加快，直到极点。但是这个时候卡特拉也被落下了，为此它愤怒地吼叫着。现在它已经在自己的土地上，没有谁能从那里逃走。它的扑腾、扑腾、扑腾的脚步声在加快，我知道它终将得逞，因为它极为固执、残暴。

我们骑着马跑呀，跑呀，跑了很长很长时间，我不再相信我们会得救。

我们已经来到山上。现在我们还有一段路程的优势，我们看见卡特拉在我们脚下边位于卡尔玛瀑布上面的狭窄山腰上，山路是通过那里的。它在那里停了一下，因为它的峭壁在那里。它经常站在那里往下看，现在它又往下看着。它几乎是违心地站在那里，看着下边的瀑布。浓烟、烈火不住地从它的鼻

孔里喷出来，它急躁地走来走去，发出扑腾扑腾的脚步声。但是它没有忘记我们，它用灯泡大的眼睛瞪着我们。

“你真残忍。”我想，“你真残忍，真残忍，你为什么不待在你的峭壁上?”

但是我知道，它一定会来，它一定会来……

我们已经赶到那块大石头前面，我们第一次来到卡曼亚卡的时候，我们就在那里看见它伸出可怕的头。突然我们的马跑不动了，当一匹马在人的身下倒下时心里真不是滋味儿，但是

恰恰发生了这样的事。格里姆和福亚拉尔都趴在路上了。如果我们过去还寄希望于某种奇迹会拯救我们的话，那么现在则完全破灭了。

我们知道，我们失败了，卡特拉也知道这一点。在它的眼中这是一次天大的胜利！它静静地站在峭壁上，朝上看着我们，我相信它正在嘲笑我们。它现在不用忙了，它好像在想：我想来就可以来，但是你们一定要等着我！

约拿旦像通常那样看着我。

“原谅我吧，斯科尔班，我把号角掉进水里了，”他说，“是我不小心造成的。”

我本来想告诉约拿旦，我永远、永远、永远也没有什么要原谅他的，但是我吓得说不出来。

卡特拉在下边站着。浓烟、烈火从它的鼻孔继续喷着，它的脚步开始移动。我们躲在那块大石头后面，所以火焰暂时还够不到我们。我紧紧地搂着约拿旦，啊，我搂得可紧了，他含着泪水看着我。

后来一股愤怒冲上他的心头。他朝石头那边靠了靠，对下面的卡特拉喊道：

“你不能伤害斯科尔班！你听见了吗？你这个怪物！你不能伤害斯科尔班，因为那样的话……”

他抓住那块大石头，就像个巨人一样，本想吓住卡特拉，但是他不是什么巨人，也吓不住卡特拉。忽然，紧靠着悬崖的那块石头松动了。

“不管是长矛还是弓箭，或者是宝剑，都奈何不得卡特拉。”奥尔瓦曾经这样说过。他可能还会说，石头也不行，不管石头有多么大。

卡特拉不是被约拿旦翻下去的那块石头砸死的，但是那块石头正巧砸在它身上，它带着一声惊天动地的吼叫栽进了卡尔玛瀑布。

第十六节

不，约拿旦没有砸死卡特拉，是卡尔玛干的。卡特拉被卡尔玛咬死，当着我们的面。我们看到了，没有别人，只有约拿旦和我看见了亘古来的两个怪物拼命的情形，我们看见它们在卡尔玛瀑布里进行生死搏斗。

当卡特拉惨叫一声消失在水里的时候，开始我们都不敢相信，不敢相信它真的没了。在它沉入水底的地方，我们仅仅看到了旋转的水泡，别的什么也没有啦，没再看到卡特拉。

但是我们后来看到了那条巨蟒。它从水里伸出自己的绿色的头，它的尾巴抽打着水。啊，它的样子可怕极了，它是一条巨蟒，长度与河的宽度一样，就像艾尔弗利达说的。

艾尔弗利达小的时候，听过很多卡尔玛瀑布里巨蟒的故事。卡特拉不是传说，巨蟒也不是传说，但是它确实存在，是一个像卡特拉那样的可怕的怪物。它的头能朝各个方向转动，它搜寻着……看到了卡特拉。它从水底浮上来，突然出现在旋涡当中，它用力一蹿，死死地缠住了卡特拉。卡特拉朝它喷出死亡的火焰，但是它紧紧缠住卡特拉，直到把胸中的火焰熄灭。这时候卡特拉开始咬它，它也咬卡特拉，它们又咬又撕，都想置对方于死地。它们自亘古以来就一直盼望着决一死战，啊，它们疯狂地咬着撕着，两条可怕的身躯在旋涡中翻腾。卡特拉不时地吼叫着，而卡尔玛则默不作声，黑色的龙血和绿色的蟒蛇血漂浮在河面上，把河水染成黑色和绿色。

它们搏斗了多久？我不知道。我感到好像在那里站了几千年，除了两个疯狂的怪物厮杀以外，别的什么也没有看到。

这是一场长时间、可怕的争斗，但是最后总算结束了。卡特拉发出一声惨叫，这是它死前最后的叫声，然后它就无声无息了。卡尔玛这时候也没有头了，但是它的身子仍然缠着卡特拉，它们一同沉了下去，紧紧地互相缠绕着沉入水底。从此那里就不再有卡尔玛和卡特拉，它们都死了，就像它们从来就不存在一样。河水又变得清澈，怪物们的毒血被卡尔玛瀑布的滔滔河水冲洗干净，一切又恢复了常态，就像亘古以来的那样。

我们站在小路上喘着粗气，尽管一切都过去了。有很长时间我们不能讲话，但是最后约拿旦说：

“我们一定要离开这里！快！天快黑了，我不希望卡曼亚卡的夜幕降临在我们身上。”

可怜的格里姆和福亚拉尔！我不知道我们是怎么使它们站

起来以及我们是怎么样离开那里的，它们累得几乎都抬不起蹄子。

但是我们离开了卡曼亚卡，最后一次通过那座桥，随后我们的马一步也走不动了。它们一到对岸的桥头，立即躺在地上了。好像它们在想，现在我们已经帮助你们到了南极亚拉，现在总算行了吧！

“我们可以在我们的老地方点燃一堆篝火。”约拿旦说。他指那个峭壁，我们曾在那里度过风雨之夜，在那里第一次看见卡特拉。直到现在我一想起那些事后背就冒凉气，因此我宁愿到其他地方去点篝火，但是现在我们已经走不动了。

在我们准备过夜之前，我们必须先让马喝水。我们给它们水喝，但是它们不想喝，它们太疲倦了。这时候我有些担心。

“约拿旦，它们有点儿反常，”我说，“它们睡完觉以后，你相信会好起来吗？”

“对，它们睡完觉以后，一切都会好起来。”约拿旦说。

我抚摩着福亚拉尔，它躺着，闭着双眼。

“你过的这一天叫什么日子，可怜的福亚拉尔，”我说，“不过明天一切都会好起来，这是约拿旦说的。”

我们点燃篝火的地方正好就是我们第一次点燃篝火的地方。那个躲风避雨的峭壁确实是点燃篝火最理想的地方，只要人们能够忘掉卡曼亚卡就在附近的话。我们周围有高山做屏障，被太阳晒热的山峰还散发着温暖，它们能挡住所有的风。我们前面的峭壁下边就是卡尔玛瀑布，紧靠桥头的那边也有一个峭壁，下面是一块郁郁葱葱的林间草地，看起来就像一片绿色的小平原从我们脚下伸向远方。

我们坐在篝火旁，看着夕阳的余晖洒在盘古山的山峰和盘古河的河畔。我很累，我想我从来没有经历过比这一天更漫长更艰辛的日子，从黎明到黄昏除了鲜血、恐惧和死亡以外没有别的。有些历险是不应该有的，约拿旦曾经这样说过，像这类的历险除了这一天以外我们还有过很多次。决战的日子——确实漫长、艰苦，但总算结束了。

但是忧伤远没有过去，我想念着马迪亚斯。我为他感到非常难过，当我们坐在篝火旁边的时候，我问约拿旦：

“你觉得马迪亚斯现在在什么地方？”

“他在南极里马。”约拿旦说。

“南极里马？我从来没有听说过。”我说。

“不对，你当然听说过，”约拿旦说，“你还记得那天早晨吗，当时我离开了樱桃谷，而你很害怕？你还记得我当时说的话吧：‘如果我回不来，那么我们就在南极里马见。’[①]马迪亚斯如今就在那里。”

然后他讲起了南极里马。他已经有很长时间没给我讲什么

① 此处引语与第6章原文有所不同。——译者。

东西了，我们总是没有时间。但是现在，当他坐在篝火旁边讲南极里马的时候，真有点儿像他坐在我们城里头家中的我的沙发边上。

“在南极里马……在南极里马。”他用他讲故事时一向使用的声音说，“那里仍然是篝火与童话的时代。”

“可怜的马迪亚斯，他那里一定充满很多不应该有的历险。”我说。

但是约拿旦说，南极里马没有任何残暴的童话时代，而有一个快乐和充满游戏的时代。人们在那里玩耍，当然他们也劳动和彼此帮助，“但是他们经常做游戏、唱歌、跳舞和讲故事，”他说，“有时候他们也拿诸如卡尔玛和卡特拉这类怪物以及滕格尔这类残暴人的惊险、可怕的故事吓唬小孩子。但是随后一笑了之。”

“你们害怕了吗？”他们对小孩子说，“你们知道这不过是童话，这样的事根本没有。起码在我们的山谷里从来没有。”

约拿旦说，马迪亚斯在南极里马生活得不错，他在苹果谷有一座古老的庄园，那是南极里马山谷中的最美、最绿、最漂亮的庄园。

“他的苹果庄园很快就要到摘苹果的季节，”约拿旦说，“那时候我们要到那里去帮助他摘苹果。他太老了，爬不动梯子了。”

“我真希望我们也能搬到那里去。”我说。因为我认为南极里马各方面都很不错，我也特别想念马迪亚斯。

“你也这么说?”约拿旦说，“好，没问题，那我们就住在马迪亚斯家里，南极里马苹果谷马迪亚斯庄园。”

“请你讲一讲，那里的生活将会怎么样。”我说。

“啊，会非常美好的，”约拿旦说，“我们可以在森林中骑马，在各处点燃篝火——如果你能知道在南极里马周围的山谷里有多少大片森林就好啦！在森林的深处有很多清澈的小湖。我们每一个晚上都可以选一个新湖，在旁边点燃篝火，白天、夜里都在外边玩，玩够了再回到马迪亚斯家里。”

“帮助他摘苹果，”我说，“不过那就得让索菲娅和奥尔瓦管理樱桃谷和蔷薇谷啦，约拿旦。”

“对，为什么不呢?”约拿旦说，“索菲娅和奥尔瓦不再需要我的帮助了，他们自己可以管好自己的山谷。”

但是后来他就沉默了，不再讲什么。我俩都不再说话，我很累，一点儿也不愉快。听远在天涯的南极里马的故事不是什么安慰。

天越来越黑，山也变得越来越黑。黑色的大鸟在我们头上盘旋，发出哀婉的叫声，一切都显得很悲伤。卡尔玛瀑布咆哮着，我讨厌那种声音，我想忘掉记忆中的一切。悲伤，一切都显得很悲伤，我想我永远也不会再高兴了。

我靠近约拿旦一点儿。他静静地坐在那里，身体靠在山背上，他的脸色苍白，他坐在那里，就像一位童话中的王子，但他是一个脸色苍白、疲倦的王子。“可怜的约拿旦，你也不高兴，”我想，“啊，我要能使你高兴一点儿该多么好啊！”

正当我们默默无语地坐在那里的时候，约拿旦说：

“斯科尔班，有一件事我一定要告诉你！”

这时候我立即害怕起来，因为每当他这样说话的时候，准是要讲什么不愉快的事情。

“你又要讲什么？”我问。

他用食指摸着我的面颊。

“不要害怕，斯科尔班……你还记得奥尔瓦说的话吗？卡特拉身上的一点儿火焰就足以使任何人瘫痪或死亡，你还记得他说的这些话吗？”

“记得，但是你为什么现在要说这个？”我问。

“因为……”约拿旦说，“当我们在卡特拉前面逃跑的时候，它吐出的一点儿火焰烧了我。”

我的心一整天都充满悲伤和恐惧，但是我没有哭过，而现在我几乎号啕大哭起来。

“你又要死啦，约拿旦？”我喊叫着。这时候约拿旦说：

“不！但是我愿意死去。因为我永远也不能再动了。”

他向我解释卡特拉火焰的残酷性。如果一个人没被烧死，

其后果比烧死还要可怕，它可以使人的身体内部受损，然后瘫痪，一开始显不出来，但是慢慢地、不知不觉地就瘫痪了。

“我现在只能动一动上肢，”他说，“过不了多久上肢也动不了啦。”

“但是你不相信会好起来？”我一边说一边哭。

“不会，斯科尔班，不会好起来，”约拿旦说，“只要我能够到南极里马就好啦！”

只要他能够到南极里马就好啦，噢，现在我明白了！他又要把我一个人孤零零地抛下，我可知道啦！他又要不带我去南极里马……

“但是不能再重复，”我喊叫着，“不能不带我！你不能不带我去南极里马！”

“你想跟我一起去吗？”他问。

“想，你不信吗？”我说，“我难道没有说过，你到哪儿去，我一定跟着！”

“你确实说过，这对我是个安慰，”约拿旦说，“不过到那里去是一件难事。”

他又默默地坐了一会儿，然后说：

“你还记得我们上次跳楼吗？那次真可怕，房子着火啦，我们跳到院子里，结果我到了南极亚拉，你记得吗？”

“我还记得吗？”我一边说一边哭得更厉害啦，“你怎么能这样问？难道你不相信，从那以后我每时每刻都记得它吗？”

“啊，我知道。”约拿旦说。他再次抚摩我的脸颊，然后他说：

“我想我们大概可以再跳一次。从峭壁上往下跳，跳到林间草地上。”

“啊，那我们就死啦，”我说，“不过我们能到南极里马吗？”

“能，这一点你完全可以相信，”约拿旦说，“只要我们一落地，马上就可以看到南极里马的光明。我们会看到南极里马山谷中的朝霞，对，那里现在是早晨。”

“哈哈，我们可以直接跳进南极里马？”我一边说一边笑，这是我很久以来第一次大笑。

“没问题，”约拿旦说，“我们一落地，立即就会看到通向苹果谷的小路，而格里姆和福亚拉尔会站在那里等我们，我们只需要骑上马然后上路就行了。”

“那时候你一点儿也不瘫痪啦？”我说。

“那时候就全好啦，我摆脱了一切烦恼，我会高兴得忘乎所以！你也一样，斯科尔班，那时候你也会非常高兴的。通向苹果谷的小路从森林里穿过，当我们迎着朝阳骑在马上时，你会有什么感受，你和我？”

“好极了。”我一边说一边又笑了。

“我们用不着忙，”约拿旦说，“如果我们愿意的话，我们可以在一个小湖里洗澡。在马迪亚斯做好汤之前，我们能赶到苹果谷。”

“我们到的时候，马迪亚斯也会非常高兴。”我说。但是我的心里总好像有个疑团，格里姆和福亚拉尔，约拿旦怎么能相信我们可以把它们带到南极里马呢？

“你怎么说它们已经在那里等我们？它们不是躺在那边睡觉吗？”

“它们没有睡，斯科尔班！它们死啦，是因为卡特拉的火焰。但是你所看到的，仅仅是它们的躯体。请你相信我吧，格里姆和福亚拉尔早在通往南极里马的路口等待我们。”

“那我们就快一点儿吧，”我说，“免得它们等的时间过长。”

这时候约拿旦看着我，微笑着。

“我一点儿也快不了，”他说，“我不能摆脱病魔，你忘记啦？”

这时候我明白了我一定要做的事情。

“约拿旦，我把你背在背上。”我说，“你曾经背过我，现在我背你，这样就公平啦。”

“好，这样就完全公平啦。”约拿旦说，“不过你敢吗，斯科尔班·狮心？”

我走到峭壁跟前，朝下看了看。天已经全黑了，我已经看不见下边的草地。这是个无底深渊，我看着头直晕。如果我们从那里跳下去，我俩准能到南极里马。谁也用不着一个人孤零零地躺在这里伤心、落泪和害怕。

但是现在不是我们跳，而是我要跳。约拿旦曾经说过，去南极里马不是一件容易的事，现在我才明白为什么。我怎么敢呢？我什么时候才敢呢？

“啊，你现在不敢，”我想，“那你就是个庸夫俗子，而且永远是个庸夫俗子。”

我走到约拿旦跟前。

“敢，我敢。”我说。

“勇敢的小斯科尔班，”他说，“那就让我们现在跳吧！”

“我想先在你身边坐一会儿。”我说。

“不过时间别太长。”约拿旦说。

“不会，只要等到天完全黑下来，”我说，“那时候我就什么也看不见啦。”

我坐在他的身边，握着他的手，我感到他是那么强壮、善良。他在的地方，不会有真正的危险。

夜和黑暗笼罩着南极亚拉，笼罩着群山、河流和大地。我和约拿旦站在峭壁旁边，他用手紧紧地搂着我的脖子，我能感觉到他在我身后对着我的耳朵呼吸。他平静地呼吸着，一点儿也不像我……约拿旦，我的哥哥，我为什么不能像他那样勇敢呢？

我没有看我们眼前的深渊，但是我知道它在那儿。我只要在黑暗中往前迈一步，一切就都过去了，这会很快的。

“斯科尔班·狮心，”约拿旦说，“你害怕啦？”

“不……对，我害怕啦！不过我会跳的，约拿旦，我现在就跳……现在……后来我永远不再害怕。永远不再害……”

“噢，南极里马！对，约拿旦，对，我看见了光明！我看见了光明！”

~译者后记~

我完成了瑞典著名儿童文学作家林格伦作品系列的第八卷《我们都是吵闹村的孩子》的翻译工作后，心里特别高兴，回想起翻译林格伦的作品完全出于偶然。1981 年我去瑞典斯德哥尔摩大学留学，主要是研究斯特林堡。斯氏作品的格调阴郁、沉闷，男女人物生死搏斗、爱憎交织，读完以后心情总是很郁闷，再加上远离祖国、想念亲人，情绪非常低落。我吃不好饭，睡不好觉，每天不知道想干什么，想要什么，有时候故意在大雨中走几个小时。几位瑞典朋友发现我经常有意无意地重复斯特林堡作品中的一些话。斯特林堡产生过精神危机，他们对我也有些担心，因为一个人整天埋在斯特林堡的有着多种矛盾和神秘主义色彩的作品中很容易受影响。他们建议我读一些儿童文学作品，换一换心情。我跑到书店，买了一本林格伦的《长袜子皮皮》，我一下子被崭新的艺术风格和极富人物个性的描写所吸引。我一边读一边笑，觉得自己浑身充满了力量。我好像跟皮皮一样，能战胜马戏团的大力士，比世界上最强壮的警察还有力量，愤怒的公牛和咬人的鲨鱼肯定不在话下。由于职业的关系，我读完一遍以后开始翻译这本书，一个暑假就完成了。从此，翻译林格伦的书几乎成了我的主业。

我第一次见到林格伦是在 1981 年秋天，是由给我奖学金的瑞典学会安排的。她的家在达拉大街 46 号，对面是运动场，旁边有森林和草地。当时女作家还算年轻（74 岁），亲自给我煮咖啡。我们谈了儿童文学和儿童教育问题。1984 年我从瑞典回国，她表示希望到中国看看。这个消息传出以后，瑞典—中国友好协会和瑞典驻中国大使馆立即表示，什么时候都可以安排。但是医生认为，路途太遥远，不宜来华访问，因此未能成行。但是她对我说，由于她的作品被译成中文，她开始关注中国的事情。1997 年她已经 90 岁高龄，并且双目失明，在一般情况下她已经不再接待来访者，但当她听说我到了斯德哥尔摩以后，一定要见一见。当时我和我的夫人都很感动，在友人的帮助下，我们一起合影留念。2000 年秋我去斯德哥尔摩的时候，朋友告诉我，她的身体已经很不好，大部分记忆消失，已经认不出人了。但是圣诞节的时候，我仍然收到了以她的名义寄来的贺卡。

不知什么原因，我和林格伦女士一见如故。她曾开玩笑说，可能是我们都出生在农民家庭。1984 年我回国以后一直与她保持联系，有时候她还把我写给她的信寄到报社去发表。1994 年，当她得知我翻译时还用手写的时候，立即给我寄来

10000 克朗，让我买一台电脑。我和她虽然相隔几千公里，但我和我的家人时刻惦记着她，希望她健康长寿。

我已经把林格伦的主要作品和一部分由她的作品改编成的电影译成中文，断断续续用了 20 年的时间。作品中的故事大都发生在 20 世纪上半叶，作家笔下的风俗、习惯、传统、民谣、器物等，现代人都比较陌生了。我在翻译中遇到的问题，除了作家本人亲自给我讲解以外，还得到很多瑞典朋友的帮助，如罗多弼和列娜夫妇、林西莉女士、韩安娜小姐、史安佳女士和隆德贝父女等，在此对他们表示深深的感谢。希望我的拙译能给小读者们和他们的父母带来愉悦，并增加对这个北欧国家儿童生活的了解。